Liebe, Mord und ein Glas Wein

STEFANIE GREGG
INGEBORG STRUCKMEYER

edition oberkassel

Verlag: edition oberkassel Verlag Detlef Knut,
Lütticher Str. 15, 40547 Düsseldorf
Herstellung: Prime Rate Kft., Budapest
Umschlaggestaltung: Antoneta Wotringer Grafikdesign
Lektorat: Klaus Söhnel
gesetzt mit Adobe InDesign

www.edition-oberkassel.de
info@edition-oberkassel.de

1. Auflage 2016
Printed in Europe

ISBN(Print): 978-3-95813-0784
ISBN(Ebook): 978-3-95813-0791

Bibliografische Information der Deutschen Bibliothek:
Die Deutsche Bibliothek verzeichnet diese Publikation in der Deutschen Nationalbibliografie; detaillierte bibliografische Daten sind im Internet über http://dnb.ddb.de abrufbar.

Vorwort

Ingeborg Struckmeyer und Stefanie Gregg sind beide »Mörderische Schwestern« – Mitglieder der Vereinigung deutschsprachiger Krimiautorinnen. Sie lernten sich bei einer mehrtägigen »Schreibauszeit« im idyllischen Freilassing kennen, wo sie nicht nur schrieben und viel miteinander sprachen, sondern auch ein Bestattungsinstitut besuchten – Fortbildung für Krimiautoren!

Während Ingeborg Struckmeyer neben ihren Romanen, die sie mit Friedlind Lipsky unter dem Pseudonym Frida Mey veröffentlichte, schon länger eine Meisterin der Kurzgeschichte war, begann Stefanie Gregg nach einigen belletristischen Romanen und Kriminalromanen erst neu mit dem Schreiben von Kurzgeschichten.

Oft entsteht eine Kurzgeschichte aus einer einzelnen Szene heraus. Aus diesem Gedankengang entwickelten die beiden die Idee, ob nicht jede aus einem vorgegebenen Anfang heraus ihre eigene Kurzgeschichte schreiben könnte. Man verabredete das Folgende: Eine schreibt einen kurzen Anfang (einen bis fünf Sätze), jede schreibt dazu eine Kurzgeschichte. Die Zeitvorgabe dafür waren vierzehn Tage, ›Abgabe‹ jeden zweiten Freitag.

Obwohl es manchmal Donnerstage gab, an denen eine Autorin noch mit den letzten Zeilen kämpfte, habe die beiden diesen Zeitplan bis auf Ferienzeiten durchgehalten – und sich an den Abgabefreitagen nicht nur über die eigene Geschichte, sondern auch über die der anderen gefreut, denn aus dem gleichen Anfang hatte jede eine völlig andere Geschichte gezaubert.

Entstanden sind so aus zehn Anfängen zwanzig Geschichten: kriminelle Storys, Liebesgeschichten, traurige und witzige Erzählungen, ein Sammelsurium von Spannung, Spaß und tiefsinnigen Gedanken.

Viel Spaß beim Lesen wünschen die zwei Mörderischen Schwestern!

1

Eine Dreiecksgeschichte, es war eine ganz klassische Dreiecksgeschichte. Aaron, Marion und ich. Beim Klassentreffen sah ich ihn nach zwanzig Jahren wieder und konnte nicht anders, als ihn mit dem Jungen von früher zu vergleichen.

Hupsala – Scheiße, Mann!

Stefanie Gregg

Eine Dreiecksgeschichte, es war eine ganz klassische Dreiecksgeschichte. Aaron, Marion und ich.

Beim Klassentreffen sah ich ihn nach zwanzig Jahren wieder und konnte nicht anders, als ihn mit dem Jungen von früher zu vergleichen. Damals schien schon der Name Aaron alles zu versprechen: Abenteuer, Sinnlichkeit, Verrücktheit, Lebenslust. Aaron war das Ziel eines jeden Mädchenblicks. Ich musste gar nicht sehen, dass er auf den Pausenhof kam, ich konnte es spüren – an den anderen Mädchen. Wenn sich eines plötzlich streckte, den Rücken durchdrückte, die Augen aufriss und den Mund leicht geöffnet zu einem Lächeln verzog, dann war es sicher, dass er gerade hinter mir vorbeiging.

Ich war ein durchschnittliches Mädchen. Alles an mir war etwas zu dünn geraten: die um den dürren Rumpf schlackernden Arme, das glatte Haar und vor allem meine völlig unterentwickelten Brüste. Ich kannte alle Mädchen, die bereits riesige Formen vor sich hertrugen; heimlich hatte ich sie beim Umziehen in der Sportkabine genau beobachtet und dann mit Entsetzen vor dem heimischen Spiegel mit den pfirsichgroßen, unregelmäßigen eigenen Ausbuchtungen verglichen. Durchschnittlich, nein unterdurchschnittlich, unauffällig, absolut unscheinbar.

Der Tag, der alles geändert hatte, war der Abend der ersten Schulparty, zu der ich gehen durfte. Aaron war natürlich auch da. Seine Haare fielen ihm wirr fast bis auf die Schultern und ein paar wilde Locken legten sich halb über seine Augen. Er schlenderte, ein Bier in der Hand, durch die Tanzenden und wusste genau, dass alle Blicke auf ihn gerichtet waren. Als ihn Marion ganz bewusst beim Vorbeigehen mit ihrer Oberweite streifte, drehte er sich natürlich nach ihr um, und da passierte es. Er lief, ohne nach vorne zu sehen, einen Schritt weiter und prallte voll gegen mich. Sein Bier lief auf meine weiße Bluse und durchnässte sie. Am liebsten wäre ich in den Erdboden verschwunden. »Hupsala«, sagte er, drehte sich zu mir um und nahm mich zum ersten Mal wahr. »Hupsala«, über dieses »Hupsala« lachten wir uns später miteinander kaputt. Mister Obercool sagt zu mir »Hupsala«.

Und in dem Moment antwortete ich ganz spontan: »Nicht Hupsala – Scheiße, Mann!« Das wurde zu einem geflügelten Wort zwischen uns für alle Situationen. »Nicht Hupsala – Scheiße, Mann!«

Er entschuldigte sich ganz ernsthaft bei mir und betrachtete dann mich und meine bierdurchtränkte Bluse. »Pass mal auf, wir tanzen uns jetzt nach draußen, sonst sehen nämlich alle alles bei dir.«

Ich blickte an mir herunter und musste feststellen, dass das Bier meine Bluse komplett durchsichtig gemacht hatte. Und ich hatte keinen BH an – wofür auch? Gott, war das peinlich! Das hätte mich zum Mega-Lacher für alle Zeiten gemacht.

Aaron legte den Arm mit der Bierflasche an meinen Rücken und zog mich ganz dicht an sich. Zum Glück kam gerade auch noch ein langsamer Blues und wir tanzten uns Körper an Körper in Richtung Ausgang. Ich spürte alle Blicke, ich sah die offenen Münder der anderen Mädchen. Aber wir tanzten bis zur Tür, wo er mich an der Hand in die dunkle Nacht zog. Ob es mein »Nicht Hupsala – Scheiße« war oder meine durchnässte Bluse oder was auch immer: Draußen zog er mich an sich und küsste mich. Ich hatte nie zuvor geküsst, nicht richtig. Ich hatte mich mit meiner Freundin noch gefragt, wie das wohl funktionieren könnte mit der Zunge. Aber es funktionierte, und wie es funktionierte! Ich konnte küssen, er konnte küssen, seine Hände wanderten unter meine nasse Bluse und fanden das Wenige, was es dort gab. Es gefiel ihm – und ich konnte das spüren, so eng, wie er sich an mich presste. Nie hatte ich so etwas zuvor gefühlt. Ich war berauscht, ich war verrückt, alles, alles war mir egal, nur eines nicht: Aaron. Und wir schlichen uns hinter die Büsche neben der Schule.

Seit diesem Tag war nichts mehr so wie zuvor. Ich war nicht mehr unscheinbar. Alle, alle sahen mich. Die Mädchen mit Bewunderung, mit Neid. Die Jungen mit plötzlich entflammtem Interesse. Ich war Sandra – und plötzlich kannten mich alle. Dennoch war das für mich nur ein Nebeneffekt, denn das Ein und Alles war Aaron. Er war nicht nur cool, er war witzig und einfühlsam. Wir konnten über alles reden, er hörte mir zu, zumindest wenn seine Kumpels nicht dabei waren. Es wurde der Sommer meines Lebens. Nie war etwas intensiver als ein Nachmittag mit Aaron am Baggersee, mit Aaron ein Eis in der Eisdiele, mit Aaron bis zweiundzwanzig Uhr in die Dorfdisco. Heimliche Stunden alleine zu Hause. Allein seine Anwesenheit brachte meine Haut zum Prickeln, mein Bauch raste vor lauter Schmetterlingen. Es hörte nicht auf. Für mich hätte es ewig so weitergehen können. Mit Aaron drei Kinder und zwölf Enkelkinder. Mit Aaron alt werden und immer noch Händchen halten. Mit Aaron auf einer Bank vor dem Haus in die Sonne blinzeln.

Dennoch, es wunderte mich nicht, als er am Ende des Sommers plötzlich nicht mehr jeden Tag Zeit hatte. Als er plötzlich nicht mehr sagen konnte, warum nicht. Es wunderte mich nicht, als ich ihn von hinten mit Marion um eine Ecke biegen sah. Sie hatte so große Brüste. Und ich war doch unscheinbar, auch wenn das alle einen Sommer lang vergessen hatten. Aaron war zu cool für mich, eine Nummer zu groß.

Aber er sagte es mir nicht ins Gesicht und ich hütete mich, ihn damit zu konfrontieren. So ging es weiter, zu dritt, fast zwei Jahre lang, bis zum Abitur. Immerhin, ich war diejenige, mit der er in der Pause Händchen hielt, mit Marion streifte er durch die Nacht. Sie lachte mich jedes Mal an, wenn sie mich sah. Lachte sie mich damals schon aus? Oder versuchte sie sich mit mir zu verbünden? Ich kann es nicht sagen. Ich ignorierte sie, sie war Luft. Die Beneidete war ich nicht mehr, so nicht. Manchmal bekam ich einen mitleidigen Blick. Manchmal versuchte eine Freundin, mir endlich die Wahrheit zu sagen – aber ich ging, bevor sie den Satz beenden konnte.

Ich hatte Aaron und wir hatten diese unglaublich schönen Stunden miteinander. Wir trugen damals beide Nicki-Pullover – und wenn die sich aneinander rieben, entstanden Stromstöße. Wie konnten wir darüber lachen! Unsere Verbundenheit konnte keiner zerstören. Als wir mit den Fahrrädern fuhren und Aaron sich seinen Reifen an einer Scherbe zerfetzte, sagten wir wie aus einem Mund: »Nicht Hupsala – Scheiße, Mann!« und lachten die ganzen drei Kilometer, die wir die Räder zurückschoben.

Natürlich verglich ich ihn mit dem Aaron von früher. Von hinten hatte ich ihn nicht erkannt. Erst als er sich umdrehte, sah ich in dem runden Gesicht meinen Aaron. Er war dick geworden. Nicht ein bisschen – richtig dick, fett. Er hatte einen riesigen Bauch, dicke Beine und Arme. Seine Nase war noch immer etwas zu groß und zu spitz und ragte zwischen den feisten Backen hervor. Seine Haare waren brav kurz geschnitten, viel dunkler als früher, auch weniger. Seine Augen aber blitzten immer noch so frech und frisch wie früher.

»Hallo, Sandra!«

»Hallo, Aaron«, wie früher wusste ich nicht, wohin mit meinen schlenkernden Armen.

Er kam langsam auf mich zu und sein Blick wanderte einmal auf und ab.

»Du siehst gut aus.«

Was sollte ich darauf antworten? Dasselbe konnte ich wahrlich nicht zu ihm sagen.

»Hätte ich jetzt eine Bierflasche bei mir, ich würde sie, ohne zu zögern, über dir ausleeren.«

Das war charmant, das war so sexy, so attraktiv. Es war mir völlig egal, wie dick sein Bauch war.

»Hupsala!«, sagte ich. Nicht besonders geistreich vielleicht.

Aber er lächelte. Er lächelte wie ein Junge, auch wenn ihm keine blonden Locken mehr in die Augen fielen.

Wir tanzten auch an diesem Abend.

»Ist alles wie damals, nicht!«, grinste eine Freundin mich an. Ich wusste ihren Namen nicht einmal mehr.

Es war alles wie früher. Und es war keine Marion da. Und er fand mich immer noch attraktiv. Das konnte ich spüren. Ich fragte nicht nach. Nicht nach seinem Leben. Nicht warum er damals nach dem Abitur einfach gegangen war, ohne ein Wort zu sagen, mit Marion zusammen nach Berlin, nicht

Hupsala – Scheiße, Mann. Ich fragte nicht. Danach war ich wieder unauffällig gewesen, all die vielen Jahre lang. Doch, manchmal nahmen mich Männer wahr, dann war ich wieder Aarons Sandra. Manchmal, nur selten – in den letzten Jahren, nachdem ich von der Krankheit wusste, natürlich nicht mehr.

Seine Arme fühlten sich genauso an wie damals. Auch wenn sie dicker waren. Die Art, wie er mit den Fingern an meinem Nacken entlangfuhr. Alles, alles hätte ich dafür gegeben. Diese Nacht war meine. Ein Hotelzimmer, das ich kaum wahrnahm. Was ich spürte, waren seine Hände, sein warmer Atem, seine Küsse, von denen ich so lange geträumt hatte; sein dicker Bauch störte kaum. Er roch noch nach Aaron, nach Aaron und ein klein wenig nach altem dicken Mann, aber nur ein klein wenig.

Zum Schluss konnte er nicht mehr, keine Kondition mehr, lachte er. Und dann schlief er ein, und schnarchte leise.

Ich saß fast eine Stunde an seinem Bett und fuhr die Züge seines Gesichts mit dem Finger nach. Er bemerkte es nicht in seinem tiefen Schlaf. Dann küsste ich ihn sanft auf den Mund und nahm seinen Geruch in mir auf, bevor ich mich rasch anzog.

Leise zog ich die Hoteltür hinter mir zu.

Ich hatte nicht gefragt, als ich das Portemonnaie aus seiner Tasche genommen hatte, während er im Bad gewesen war. Ich hatte die Bilder durchgesehen von einer Marion, die ebenso dick war wie er selbst, von Kindern, die süß aussahen, einem kleinen Jungen, fast wie damals er. Ich hatte nicht gefragt. Aber danach hatte ich keinen Zweifel mehr, dass ich mit ihm schlafen wollte, jetzt, unbedingt.

Bevor ich gegangen war, hatte ich ihm noch die Broschüre hingelegt, mehr nicht. Nur ein kleiner Hinweis, er würde schon verstehen, wenn er den Titel las:

Was Sie tun müssen, wenn Sie sich mit HIV angesteckt haben.

Das zerbrochene Dreieck

Ingeborg Struckmeyer

Eine Dreiecksgeschichte, es war eine ganz klassische Dreiecksgeschichte. Aaron, Marion und ich. Beim Klassentreffen sah ich ihn nach zwanzig Jahren wieder und konnte nicht anders, als ihn mit dem Jungen von früher zu vergleichen.

Wir lernten uns am ersten Schultag in der Grundschule kennen und waren von da an unzertrennlich. Marion saß von Anfang an zwischen Aaron und mir. An die anderen, die noch neben uns saßen, erinnere ich mich kaum. Bis auf Oliver, der die ganze Zeit bis zum Abitur irgendwie auch dabei war. Aber eben nur irgendwie.

»Junge, zu dritt, das taugt nichts«, unkte meine Mutter. Wie recht sie damit haben würde, hat sie damals nicht ahnen können. Auch die wechselnden Lehrer versuchten, uns auseinanderzusetzen, mehr oder weniger erfolglos. Nach den Ferien und im neuen Schuljahr stellten wir die alte Konstellation wieder her. Manchmal fühlte ich mich ein wenig an den Rand gedrängt, dann, wenn die beiden ihre Köpfe zusammensteckten. Aarons schwarzer Lockenkopf und Marions dicker weißblonder Bauernzopf. Wie zwei Lämmchen nebeneinander. Und ich der straßenköterbraune Hütehund. Wie ein Hütehund fühlte ich mich ohnehin so manches Mal. Aaron, flink, gewandt und wagemutig, kletterte auf jeden Baum. Marion klatschte in die Hände, spornte ihn zu immer höheren Höhen an, während ich ängstlich unten stand und ihn im Geist schon mit gebrochenen Gliedern unten liegen sah. Aber bis auf ein verstauchtes Handgelenk ging es immer gut.

Ich war ein bisschen dicklich als Junge, ziemlich unsportlich und hatte keinerlei Bedürfnis, irgendeinen Baumwipfel zu bezwingen. Ich war schon froh, wenn ich beim Prellball nicht als der übrig blieb, den keine Mannschaft haben wollte.

Einmal rettete Aaron Marions kleinen Kater von einem Vordach, von dem er sich nicht mehr heruntertraute. Marion umarmte ihn stürmisch, die wimmernde Katze im Arm.

»Toll hat er das gemacht!«, meinte sie mit strahlenden Augen und fügte mit dem Blick auf mein langes Gesicht hinzu: »Ich hätte es auch nicht geschafft. Mach dir keinen Kopf! So was kann nur Aaron.«

Ich nickte, nur wenig getröstet, streichelte den kleinen Kater und berührte vorsichtig Marions Haare im Nacken.

Als wir ungefähr dreizehn waren, lud Oliver, der sich mal wieder an unseren Vierertisch gedrängt hatte, Marion zu einem Sommerfest ein, versprach ihr Luftballons, Plüschtiere, Zuckerwatte und wer weiß was sonst noch. Wir sahen die beiden losziehen. Oliver war ein gut aussehender Junge, und Marion himmelte ihn ein wenig an.

Aaron und ich hingen an unserem Stammplatz unter einer süß riechenden Linde herum, und da bemerkte ich zum ersten Mal, dass sich seine Miene veränderte, vor allem seine Augen. Braun mit sonst lustigen goldenen Funken wirkten sie plötzlich flach, dunkel und starr. Alle Unternehmungslust war aus ihnen gewichen. Es dauerte ein paar Augenblicke, bis ich begriff: Er war eifersüchtig. Genau wie ich auch. Wir kickten Kieselsteine an den Stamm der Linde, jagten Tauben vor uns her – und gingen dann nach Hause. Jeder für sich.

Am nächsten Tag zeigte Marion uns einen hässlichen Plüschaffen, den wir schon am Nachmittag im Puppenwagen ihrer kleinen Schwester wiederfanden. Offenbar war das Sommerfest kein so großer Erfolg gewesen. Jedenfalls würdigte sie Oliver keines Blickes. Er hingegen schien ziemlich verknallt in Marion zu sein. Sehnsüchtig die Blicke, mit denen er sie bedachte.

»Sie hat so wundervolle Haare, wie flüssiges Gold!«, flüsterte er mir zu. Ich sah ihn von der Seite an und dachte ›Wie flüssiges Gold, ganz schön kitschig‹. Aber er hatte recht. Ihre Haare waren wirklich wundervoll, wie flüssiges Gold.

Lange hielt sich Oliver nicht mit sehnsüchtigen Blicken auf. Eine Neue in unserer Klasse mit einem aufregenden roten Pferdeschwanz hatte es ihm schon kurz darauf angetan, und Marion schien vergessen. Als ob er aber seine Sehnsucht zurückgelassen hätte, wurde mir das Herz schwer, und das sollte noch Jahre so bleiben. Aaron hatte inzwischen seine Starre abgelegt und zu seiner Unternehmungslust zurückgefunden. Gegen ihn hatte ich ohnehin keine Chance, dachte ich.

Marion war wie immer gleich freundlich zu uns beiden, profitierte von meinen Mathe- und Physikkenntnissen sowie von Aarons Verständnis in Deutsch und Geschichte und malte dafür das eine oder andere Bild in Kunst für jeden von uns, wobei sie sich große Mühe gab, die Bilder recht unterschiedlich zu gestalten, damit bei unserem Zeichenlehrer keinerlei Verdacht aufkam.

Aaron und ich hatten nie eine andere Freundin, während Marion mal unseren Sportlehrer ›toll‹ fand, mal mit einem aus einer höheren Klasse ins Kino ging. Aaron bekam dann jeweils seinen starren Gesichtsausdruck und war zu keinerlei Unternehmungen aufgelegt, aber das war alles nur Kleinkram. Wir waren Marions beste Freunde.

Inzwischen waren wir mit vereinten Kräften in der Oberstufe des Gymnasiums angekommen. Wenn wir auch immer noch viel Zeit miteinander verbrachten, so hatte doch jeder genug mit sich selbst zu tun, und wir gingen hin und wieder eigene Wege.

Ich hatte mich in einem Fitnessstudio angemeldet. Das war damals eine ganz neue Einrichtung, zumindest in unserer Stadt, und mir verhalf sie zu einem neuen Selbstverständnis und mehr Selbstvertrauen. Meine überzähligen Pfunde hatte ich schon lange verloren und die Zeit, in der ich mit Armen und Beinen nicht recht wusste wohin, war auch vorbei. Wenn ich jetzt in den Spiegel sah, stand da ein ganz ansehnlicher junger Mann vor mir, der durchaus Chancen beim weiblichen Geschlecht haben konnte. Leider wollte ich immer noch nur Marion.

Aaron war natürlich auch gewachsen, im Ganzen aber doch recht klein geblieben, gerade mal gleich groß mit Marion, wenn sie keine hohen Absätze trug. Er war schmächtig, aber auch ohne Fitnessstudio drahtig und durchtrainiert. Er lief gern Langstrecke, fuhr erfolgreich bei Fahrradrennen mit. Und auch er wollte nur Marion.

Nach bestandenem Abitur zogen wir gemeinsam in eine Wohngemeinschaft, nur wir drei. Eine andere Person mochten wir nicht dabei haben.

»Ich geh heute Abend ins Kino«, Aaron stand in der Tür des gemeinschaftlichen Wohnzimmers, »hat jemand Lust mitzukommen?«

Marion und ich sahen uns an. Und schüttelten den Kopf.

»Okay, dann bis später!«

Schon etwas länger hatte ich es zwischen uns beiden knistern gespürt. Marion musste es ähnlich gegangen sein. Jedenfalls war Aaron kaum aus der Tür, da lagen wir uns in den Armen.

»Ich liebe dich«, flüsterte sie danach.

»Ich liebe dich schon so lange«, gab ich zurück. Die Sehnsucht, die mir jahrelang das Herz beschwert hatte, löste sich in Wohlgefallen auf. Nur um gleich darauf als schlechtes Gewissen zurückzukehren.

»Und Aaron?!«, fragte ich schwer atmend.

»Er ist unser Freund, unser gemeinsamer Freund. Aber lieben tu ich nur dich!« Marion lächelte.

»Gegen die Liebe ist man machtlos! Das weiß doch jeder.« Sie schlang ihre Arme um meinen Hals, und mir wurde es etwas leichter ums Herz.

In diesem Augenblick ging die Etagentür. Aaron! Und wir lagen hier halb nackt auf dem Teppichboden im Wohnzimmer. Ich fuhr hoch, doch Marion zog mich zu sich heran. »Es ist, wie es ist! Und es ist schön!«, murmelte sie.

Die Wohnzimmertür öffnete sich. »Ich hab Pizza mitgebracht. Der Film konnte nicht gespielt werden. Stromausf – Ach, so ist das!«

Ich versteckte mein Gesicht in Marions Haaren, wollte Aaron nicht ansehen. Seine Miene stand mir dennoch vor Augen. Starr, leer. Die Pizzen haben wir nicht gegessen.

Das alles geschah fünf Tage vor unserer gemeinsamen Ferienreise nach Südfrankreich, Tage, die schweigsamer kaum sein konnten. Obwohl Aaron fast jeden Abend außer Haus war, schliefen Marion und ich nicht miteinander. Es ging nicht. Ich konnte nicht. Zweimal stand ich in der Nacht vor Marions Zimmertür, schlich wieder zurück in mein eigenes Bett.

Verstohlene Blicke, wie zufällige Berührungen zeigten, dass unsere Liebe wuchs.

Am Mittwochabend – Donnerstag in der Frühe wollten wir losfahren – hörten wir Aaron in seinem Zimmer herumpoltern. Er packte offenbar seinen Koffer.

»Morgen fahre ich!«, entschied er. Marion und ich nickten und suchten dann unsere Sachen zusammen.

Aaron setzte sich ans Steuer, Marion nahm auf dem Beifahrersitz Platz, und ich quetschte mich hinten in eine schräge Position. Auf diese Weise konnte ich meine Beine ein wenig ausstrecken. Außerdem sah ich so Marions Profil, musste allerdings in Kauf nehmen, dass Aarons und meine Blicke sich im Rückspiegel trafen.

Aaron fuhr wie ein Verrückter. Die Stille und die Spannung im Auto waren fast unerträglich. Nach drei Stunden steuerte Aaron einen Rastplatz mit einem kleinen Kiosk an. »Ich muss pinkeln. In einer halben Stunde geht's weiter!«

Ich sah mich ein wenig um. In einiger Entfernung stand ein verfallener Turm auf einem kleinen Hügel.

»Vielleicht ist da oben eine schöne Rundumsicht. Ob ich es bis dahin schaffe?«, sagte ich zu mir selbst.

»Wie gesagt, in einer halben Stunde geht's weiter!« War das eine Drohung? Wollte er ohne mich weiterfahren, wenn ich nicht rechtzeitig zurück war? Aaron machte sich auf den Weg zum Toilettenhäuschen.

»Ich hol mir einen Kaffee«, meinte Marion. Ich stand ein wenig unschlüssig herum und ging dann auf einem schmalen Feldweg Richtung Turm, blickte dabei dauernd auf meine Armbanduhr. Am Turm angekommen, stellte ich fest, dass er aus der Nähe noch baufälliger wirkte als aus der Ferne. Zudem wurde es Zeit umzukehren. Ich ließ Aussicht Aussicht sein und beeilte mich, zurück zum Rastplatz zu kommen.

Schon von Weitem sah ich Aaron an der Autotür stehen. Er gestikulierte wild, schrie etwas, was ich aber zunächst nicht verstehen konnte. Ich setzte mich in Trab, rannte schließlich auf ihn zu.

»Was ist passiert? Wo ist Marion?«

Die Starre in Aarons Gesicht war einer gewissen Verzweiflung gewichen. Seine Augen schossen hin und her, voller funkelnder kleiner Irrlichter. Auch sonst sah er irgendwie anders aus als vorher.

»Ein Lkw-Fahrer hat Marion in seinen Wagen gezogen und ist mit ihr davongerast.« Seine Stimme überschlug sich.

»Was?«

»Frag nicht lange, wir müssen hinterher.«

Er schob mich auf die Beifahrerseite. Ich stieg ein wie in Trance, und er fuhr los.

»Was für eine Farbe hat der Lkw? Wie groß ist er? Welche Marke? Hast du das Kennzeichen gesehen?« Langsam kam ich wieder zu mir.

»Blau, 30-Tonner, MAN, Kennzeichen konnte ich nicht sehen. Er stand hinter einem Busch und war dann schon zu weit weg.«

»Wir müssen die Polizei benachrichtigen.« Ich kramte mein Handy hervor. Aaron schlug es mir aus den Händen. »Später, erst müssen wir ihn haben, Marion wiederhaben.«

Er raste weiter, hätte beinahe das Stauende einer Fahrzeugschlange übersehen und kam schließlich keuchend auf dem Seitenstreifen zum Stillstand. Bei der Vollbremsung geriet unter dem Beifahrersitz etwas in Bewegung. Ich griff danach, verletzte mich beinahe an der Klinge eines unserer scharfen Küchenmesser, eingewickelt in Aarons blutbeflecktes weißes T-Shirt. Jetzt bemerkte ich, weshalb er mir eben verändert erschienen war. Er trug statt des weißen T-Shirts ein schwarzes und eine hellere Jeans.

»Was hast du mit Marion gemacht? Sag es mir!«, schrie ich ihn an.

Er schwieg, schlug die Hände vors Gesicht.

Die Polizei fand Marions Leiche nur wenige Meter vom Rastplatz entfernt in einem Dornengestrüpp. Er hatte auf sie eingestochen, bis sie tot war. Zweiundzwanzig Stiche. Wegen Mordes wurde er zu einer lebenslangen Haftstrafe verurteilt.

Ich habe ihn ganz zu Anfang einmal im Gefängnis besucht.

»Weshalb sie und nicht ich?«, fragte ich nur.

»Wenn ich sie nicht haben konnte, sollte sie auch kein anderer haben.«

Ich nickte. So ähnlich hatte ich es am Abend vorher in einem Fernsehkrimi gehört.

Danach habe ich Aaron nicht wiedergesehen.

Bis gestern bei unserem Klassentreffen. Ich hatte alle eingeladen. Selbst die Adresse von Oliver hatte ich im Internet gefunden. Er war direkt nach dem Abitur nach Südafrika gegangen, hatte sich dort eine Existenz aufgebaut.

Aaron kam als einer der Ersten. Blass – er war erst vor vier Wochen entlassen worden – mit dunklem Blick begegnete er seinen ehemaligen Klassenkameraden. Zunächst kam die Unterhaltung nur holprig in Gang. Schließlich wussten alle, was geschehen war. Mit zunehmendem Alkoholgenuss wurde die Stimmung lockerer. Bis auf mich dachten wohl alle, dass er ja seine Strafe verbüßt hatte und jetzt wieder dazugehören sollte. Es wurden Fotos gezeigt, Frauen, Kinder, Häuser, Autos, Urlaubsbilder. Selbst in Aarons Augen begannen wieder winzig kleine Funken zu sprühen. Fotos hatte er natürlich nicht.

Spät am Abend öffnete sich noch einmal die Tür zu dem kleinen Nebenraum des Restaurants, den wir für unser Klassentreffen angemietet hatten.

Oliver. Sein Flieger hatte Verspätung gehabt. Braun gebrannt und teuer gekleidet begrüßte er uns der Reihe nach, hatte wie wir alle bei dem einen oder der anderen Schwierigkeiten, den passenden Namen zu dem dazugehörigen Gesicht zu finden.

Dann sah er sich suchend um. »Sagt mal, wo ist denn Marion? Auf die habe ich mich besonders gefreut.«

2

Einen Augenblick lang zögerte sie beim Aussteigen aus dem Zug, setzte aber dann entschlossen einen Fuß auf den Bahnsteig.

Ein neues Leben

Ingeborg Struckmeyer

Einen Augenblick lang zögerte sie beim Aussteigen aus dem Zug, setzte aber dann entschlossen einen Fuß auf den Bahnsteig. Sie griff nach dem Trolley hinter sich. Ein junger Mann reichte ihn ihr. Sie bedankte sich mit einem Lächeln – oder was sie dafür hielt. Obwohl sie dem Mann nur einen kurzen Blick zugeworfen hatte, nahm sie den Ausdruck in seinen Augen wahr. Eine Mischung von Erschrecken, Mitleid und auch so etwas wie Ekel.

Sie presste die Lippen aufeinander, zog die Haare wie einen Vorhang vor ihr Gesicht und beeilte sich, den Bahnsteig zu verlassen. Verbitterung, Hass und Hoffnungslosigkeit hatten sich in ihrem Magen zu einem dichten Klumpen zusammengeballt. Kein Wunder, dass sie kaum noch etwas aß, war doch ihr Inneres besetzt von diesem dichten Klumpen. In den letzten fünfzehn Jahren hatte sie vermutlich mehr als zwanzig Pfund abgenommen. Auf die Waage stellte sie sich nicht. So genau wollte sie es gar nicht wissen, aber sie spürte ihre Kleidung um sich herumschlottern. Immer wieder musste sie die Sachen zum Engermachen in eine Änderungsschneiderei bringen. Die Griechin, die dort arbeitete, sprach nicht gut deutsch und äußerte sich nicht, hatte sich wohl an ihren Anblick gewöhnt.

Ansonsten hatte sie ohnehin kaum Kontakte.

Nach drei Selbstmordversuchen, vielen Monaten in einer psychiatrischen Klinik und dreizehn Gesichtsoperationen hatte sie ihren Lebensgefährten und fast alle ihre Freunde verloren. Es lag nicht an den Freunden, es lag an ihr selbst. Nach ihrer Frühverrentung hatte sie sich eingeigelt, die Stacheln aufgestellt und alle aus ihrer Nähe vertrieben, aus ihrem Leben ausgeschlossen.

»Versuchen Sie doch, das Geschehnis von damals hinter sich zu lassen«, sagte die Psychotherapeutin seit Jahren zu ihr – vergeblich.

»Sie müssen einen Schlussstrich ziehen, sich mit den Gegebenheiten abfinden.«

Nie würde sie sich mit den Gegebenheiten abfinden, nie würde sie vergessen. Schließlich wurde sie dauernd an das Ereignis von damals erinnert. Vor jedem Spiegel, in jedem fremden Gesicht.

In ihrer Wohnung gab es keine Spiegel. Sie kämmte sich die Haare glatt, und wie sie sich schminken, alles überschminken musste, um unter Menschen gehen zu können, hatte sie längst im Gefühl.

Aber immer wieder gab es Spiegel, denen sie sich unvermittelt ausgesetzt sah. In Toiletten, in Aufzügen, in Kaufhäusern. Und der kurze Augenblick, in dem sie ihnen nicht entgehen konnte, reichte aus, um den dichten Klumpen in ihrem Magen wieder etwas anschwellen zu lassen.

»Stellen Sie sich den Ereignissen von damals! Kehren Sie zurück an den Ort des Geschehens! Vergegenwärtigen Sie sich die Situation und machen Sie einen Cut, damit Sie endlich Ihr Leben wieder aufnehmen, ja ein neues Leben beginnen, Ihren Frieden finden können.«

Sie lachte laut auf, so laut, dass eine ältere Dame vor ihr sich umwandte, nach einem raschen Blick in ihr Gesicht aber wegschaute und einen Schritt schneller ging.

Sie blieb etwas zurück. ›Ein neues Leben beginnen, Frieden finden‹ – dieser Satz in seiner Schlichtheit hatte sich in ihrem Kopf festgesetzt. In den Worten der Psychotherapeutin hatte fast so etwas wie Verzweiflung geklungen. Offensichtlich war sie mit ihrem Latein nahezu am Ende, wusste nicht mehr, wie sie ihrer Patientin noch helfen konnte, sie motivieren konnte, ihr Leben wieder in den Griff zu bekommen.

Ein neues Leben beginnen. Ja, vielleicht. Aber nicht ohne vorher ein anderes zu zerstören. Das war sicher nicht das, was die Therapeutin gemeint hatte, als sie ihr riet, in ihre Heimatstadt zurückzukehren. Aber das war das Einzige, was sie sich vorstellen konnte.

In Gedanken versunken war sie weitergegangen, den Trolley hinter sich herziehend. Sie hatte dabei kaum auf ihre Umgebung geachtet. Schon am Bahnhof war ihr aufgefallen, dass sich eine Menge verändert hatte. Zum Beispiel hatte das alte Hexenhäuschen einem nüchternen Haltepunkt aus Glas und Stahl Platz gemacht. Aber auch sonst waren die vergangenen fünfzehn Jahre nicht spurlos an der kleinen Stadt vorübergegangen. Neue Häuser waren dazugekommen, alte umgebaut oder abgerissen worden. Eine Grünanlage war einem Einkaufszentrum gewichen.

Ihre Mutter hatte ihr damals ihre persönlichen Sachen geschickt, einiges in ihre neue kleine Wohnung gebracht. Ansonsten hatte sie niemanden um sich ertragen können. Ihr damaliger Freund hatte sie besuchen wollen, sie telefonisch gebeten, nach Hause zu kommen, aber sie hatte alle Türen zu ihrem alten Leben hinter sich zugeschlagen und sich verkrochen. Nicht einmal zum Begräbnis ihrer Mutter – ihr Vater war schon lange tot – war sie gefahren, hatte es nicht über sich gebracht, Verwandten und Bekannten ins Gesicht zu schauen und sich selbst ins Gesicht schauen zu lassen.

Kurz bevor sie das Hotel betrat, in dem sie ein Zimmer gebucht hatte, sah sie sich noch einmal um. Ein paar Straßen weiter wohnte Andreas Ronstätter, so hatte es ihr ihre Mutter zögernd mitgeteilt und dass er verheiratet war und ein Kind hatte.

»Ich habe per E-Mail ein Zimmer bestellt. Für Katharina Bremer«, wandte sie sich an die junge Dame an der Rezeption. Die warf einen kurzen Blick in ihren Rechner und drückte ihr dann die Zimmerkarte in die Hand.

»Zimmer 339, im dritten Stock. Herzlich willkommen!« Damit wandte sie sich dem nächsten ungeduldigen Gast zu, während hinter ihr das Telefon klingelte. Offensichtlich brachte sie ihren Namen nicht mit der Kathrin Bremer in Verbindung, deren Schicksal vor fünfzehn Jahren durch die Presse gegangen war.

Kathrin schob sich seitlich in den Aufzug, vermied so den Blick in den Spiegel an der Rückfront.

Zimmer 339, ein zweckmäßig eingerichtetes Einzelzimmer. Eine Flasche Wasser und ein kleiner Obstteller zur Begrüßung, ein in goldenes Papier eingewickeltes Schokoladenherz als Betthupferl auf dem Kopfkissen.

Kathrin packte ihren Trolley aus. Als Erstes bugsierte sie vorsichtig die gut gepolsterte Glasflasche in den hintersten Winkel des Kleiderschranks. An Garderobe hatte sie nicht viel mitgenommen. Dunkelblaue Jeans, ein paar T-Shirts, zwei graue Kapuzenpullis. Eines der mitgebrachten Halstücher warf sie über den Spiegel im Eingangsbereich. Zum Glück war der Badezimmerspiegel so hoch angebracht, dass sie sich kaum darin sehen konnte. Obwohl es unwahrscheinlich war, dass jetzt, am späten Nachmittag, jemand vom Hotelpersonal hereinkommen würde, hängte sie das Bitte-nicht-stören-Schild von außen an die Türklinke.

Sie zog die Perücke ab und ließ sich aufs Bett sinken. Automatisch massierte sie die Stelle an der rechten Kopfseite, an der eigentlich Haare sein sollten. Die rechte Augenhöhle pochte. Routiniert nahm sie das Glasauge heraus, legte es auf den Nachttisch. Sie schloss das Lid des linken Auges.

Einige Minuten lang noch nahm sie Geräusche aus der Ferne wahr. Straßenlärm, eine Polizeisirene, den Aufzug, Schritte auf dem Flur, Stimmen. Dann gelang es ihr, die Außenwelt auszusperren.

Sie ließ ihr altes Leben in dieser Stadt Revue passieren. Ihre Kindheit, die Schulzeit, erst als Schülerin, dann als Lehrerin für Chemie und Biologie. Die Gesichter ihrer Klassenkameraden und ihrer Schüler nahm sie nur als verschwommene Masse wahr. Einzig das Gesicht von Andreas – von seinen Freunden Andi genannt – trat aus der Menge hervor. Ein hübscher, allerdings ziemlich renitenter Bengel mit dunklem Lockenkopf und dunklen, fast schwarzen Augen. Augen, die *ihr* zwar mit männlicher Neugier folgten, die aber am Unterrichtsstoff keinerlei Interesse zeigten. Ein einziges Mal hatte sie ein Funkeln in seinen Augen wahrgenommen. Das war kurz vor dem Abitur gewesen, als sie alle wichtigen Themen noch einmal durchgearbeitet hatte. Da hatte beim Thema ›Säuren‹ ein Mädchen von einem Todesfall infolge eines Säureattentats berichtet. Andi hatte sogar eine Frage dazu gestellt, aber kaum hatten sie das Thema gewechselt, war auch der Funke in seinen Augen erloschen.

Wegen seiner Abiturnote hatte Kathrin etliche schlaflose Nächte gehabt, sich bei der Lehrerkonferenz mit anderen Lehrern besprochen. Das Ergebnis war eindeutig. Aufgrund seiner ausnahmslos ungenügenden schriftlichen Arbeiten und seiner so gut wie nicht vorhandenen Beteiligung am Unterricht musste sie ihm eine Sechs geben. Da auch seine Leistungen in den anderen Fächern während der Oberstufe mehr als zu wünschen übrig ließen, war er durchs Abitur gefallen. Nicht zuletzt wegen der schlechten Note in Chemie. Immer wieder hatte Kathrin darüber nachgedacht, ob sie richtig gehandelt hatte, war aber immer wieder zu dem gleichen Ergebnis gekommen. Er hatte es nicht anders verdient.

Der Tag der Zeugnisvergabe mit dem anschließenden Abiturball war ein festlich-fröhliches Ereignis gewesen – bis zu dem Zeitpunkt, als Andreas Ronstätter mit vor Wut verzerrtem Gesicht auf sie zugestürmt war.

»Sie haben mein Leben zerstört!«, hatte er geschrien und ihr eine mit Flüssigkeit gefüllte Glasflasche an den Kopf geworfen. Im ersten Augenblick hatte sie gar nichts gespürt, nur die Schreie der Umstehenden wahrgenommen und dass sich ihr Kleid irgendwie auflöste. Dann hatte sie wegen der unerträglichen Schmerzen das Bewusstsein verloren. Erst im Krankenhaus war sie wieder zu sich gekommen, hatte nach und nach begriffen, dass sie schwerste Verätzungen an Kopf, Gesicht und Oberkörper davongetragen und das rechte Auge verloren hatte. Wegen der schwierigen Hauttransplantationen und der anderen Operationen war sie in eine Spezialklinik für Plastische Chirurgie verlegt worden – und bis jetzt nie mehr in ihre Heimatstadt zurückgekehrt.

Kathrin richtete sich auf und sah aus dem Fenster. Die

Dämmerung war hereingebrochen. Sie griff nach der Perücke, setzte das künstliche Auge ein, schlüpfte in Jeans und Kapuzenpulli und huschte aus dem Zimmer, aus dem Hotel.

Die Adresse von Andreas Ronstätter hatte sie im Kopf. Sie ging durch die Straßen. So vieles hatte sich verändert, aber der Geruch war irgendwie geblieben. Ein gewisses Heimatgefühl wollte sich einstellen, aber sie ließ es nicht zu.

In der schmalen Doppelhaushälfte, in der Andreas Ronstätter mit seiner Familie wohnte, brannte Licht. Kathrin versteckte sich hinter einem dichten Busch auf der gegenüberliegenden Straßenseite in der Hoffnung, dass niemand von den Nachbarn auf sie aufmerksam würde. Nach einiger Zeit bog ein Wagen in die Auffahrt zur Garage. Andreas. Im Schein der Straßenbeleuchtung konnte sie ihn erkennen. Er hatte zugenommen, sein Haar hatte sich gelichtet, aber er war es.

Und offensichtlich hatte sie sein Leben nicht zerstört. Dank eines guten Anwalts hatte er seinerzeit nur eine geringe Strafe bekommen und konnte sein Leben leben, während ihres vernichtet war.

Von der Garage aus ging er offenbar direkt ins Haus. Kurz darauf wurden die Rollläden heruntergelassen, und Kathrin gab ihren Beobachtungsposten auf.

Morgen war Samstag, dann würde sie es erneut versuchen, diesmal tagsüber. Mit ins Gesicht gezogener Kapuze und so dünn, wie sie war, würde Andreas sie mit Sicherheit nicht sofort erkennen.

Und sie würde die Glasflasche mitnehmen.

Am folgenden Tag wurde ihre Geduld auf eine harte Probe gestellt. Sie hatte das Gefühl, stundenlang die kleine Straße hinauf- und hinuntergelaufen zu sein.

Am frühen Nachmittag endlich öffnete sich die Tür. Andreas mit Frau und Tochter. Die Tochter, ein bildhübsches Mädchen von etwa acht Jahren, würde zu einer ausgesprochenen Schönheit heranwachsen. Sie hatte die dunklen Locken ihres Vaters und schwarze Kirschenaugen. Ein kleines Schneewittchen. Und urplötzlich änderte sich der Plan in Kathrins Kopf. Nicht Andreas würde ihr Opfer sein.

Sie ging auf die kleine Familie zu, den Stoffbeutel mit der Flasche fest in der Hand. Ein paar Meter vor den dreien blieb sie stehen, zog die Kapuze ab, zeigte ihr trotz all der Operationen immer noch entstelltes Gesicht. Und griff nach der Flasche.

Auch die drei stockten. Andreas sah sie an. Es dauerte einen Moment, bis er sie erkannte und bis er aufgrund der Flasche, die sie bei sich trug, verstand, was sie vorhatte. Er ließ den Arm seiner Tochter los, schlug die Hände vors Gesicht und wandte sich ab. Das Mädchen sah verständnislos zu ihm auf. Auch seine Frau schien nicht zu begreifen, was da vor sich ging. Kathrin packte die Flasche fester.

Sie sah der Kleinen noch einmal in das wunderhübsche, unschuldige Gesicht. Und dann lief alles ganz anders, als sie gedacht hatte. Während sie die Flasche öffnete und Andreas zurück ins Haus stürmen wollte, setzte sie die Flasche an den Mund.

Sie würde kein neues Leben anfangen. Aber schon beim ersten Schluck, der ihre Schleimhäute und ihre Speiseröhre verätzte, in ihren Magen rann, spürte sie, wie der dichte Klumpen in ihrem Magen sich auflöste.

Kein neues Leben. Aber Frieden – für immer.

Schmetterlinge im Bauch

Stefanie Gregg

Einen Augenblick lang zögerte sie beim Aussteigen aus dem Zug, setzte aber dann entschlossen einen Fuß auf den Bahnsteig.

Sie wollte es tun. Diesmal etwas Verrücktes machen. Das war nicht wirklich ihre Art. Nein, nie gewesen. Normalerweise machte sie eben gerade nichts Verrücktes. So verrückt war es nun auch wieder nicht. Für sie schon.

Aber es waren diese Schmetterlinge im Bauch, die sie seit ihrer Jugend nicht mehr gefühlt hatte. Es war ein so wundervolles Gefühl, das sie nächtelang wach hielt, nicht schlafen ließ, und selbst die Müdigkeit am nächsten Tag brachte nie Reue über die durchwachten Nächte mit sich, da sie doch einfach dieses lächerliche, kindliche Glücksgefühl genoss. Sie war keine allzu attraktive Frau. Nie gewesen. Schon in der Schulzeit eher etwas schwammig, etwas zu dick. Der Typ, der den Ball bei den Bundesjugendspielen aus Versehen nach hinten wirft. Einfach zu früh losgelassen. Die anderen haben sich halb totgelacht. Sie konnte nicht mitlachen. Auch später war sie nicht gerade der Typ Frau, den die Männer umschwirrten. Keine Femme fatale, nein, wirklich nicht. Es war nicht so gewesen, dass sie keine Chancen gehabt hätte. Damals in der Schule hatte ihr Konrad aufmunternd zugelächelt und nachher, als die anderen weg waren, kurz vor der Umkleidekabine zugeraunt: »Das kann jedem mal passieren, den Ball zu früh loszulassen. Ist mir auch schon mal passiert.« Na ja, war eben auch

Konrad. Auch ein wenig pummelig, wabbelig, undefiniert. Kein Heldentyp. Kein Marco, der die Blicke aller Mädchen auf sich zog. Konrad halt. Mittelmäßig in der Schule. Nicht wenige Freunde, aber auch nicht viele. Der stand auf sie, das hatte sie immer gewusst. Solche standen auf sie. Später Johannes aus der Kreditabteilung. Der war eher zu hager, nur ein kleines Bäuchlein drückte er mit seinem Hohlkreuz nach vorne. Sie hatte ihn geheiratet.

Sie hatten ein schönes Leben gehabt, ein kleines Häuschen mit einem großen Garten. Keine Kinder, das hätte ihnen beiden nicht gelegen. Als er mit dreiundfünfzig an einem Hirngerinnsel starb, war sie schon traurig. Aber manchmal auch ganz froh, dass ihr nicht ständig seine vorwurfsvollen Blicke folgten und er unauffällig hinter ihr her aufräumte. Das hatte so genervt. Schmetterlinge, konnte sie sich an die jemals mit Johannes erinnern? Vielleicht damals ein ganz klein wenig mit Konrad. Trotz des Wabbeligen an ihm. Ein ganz klein wenig, aber sie war damals ja noch zu jung.

Aber jetzt, jetzt hatte sie die. Es wirbelte in ihrem Bauch auf und ab, das Gefühl stieg die Kehle hinauf, machte, dass sie nicht mal mehr etwas essen wollte. Sie hatte fünf Kilo abgenommen. Vielleicht wären noch mal fünf noch besser, aber sie fühlte sich durchaus attraktiv. Sie hatte dieses wunderbare gelbe Kleid an, das sie im Schaufenster gesehen hatte und das an ihr fast so gut wie an der Schaufensterpuppe aussah. Es kaschierte ihre etwas zu kräftigen Oberschenkel und betonte dafür Oberweite und Taille. Doch, sie war mit sich zufrieden. Wenn überhaupt, dann sah sie heute gut aus. Und das wollte sie auch. Sie hatte ein Date. Durfte man das in ihrem Alter überhaupt sagen? Ja, sie hatte ein Date. Mit einem Mann.

Seine erste Nachricht war: »Das ist der ungewöhnlichste Tipp gegen Blattläuse, den ich je gehört habe.«

Sie hatte etwa ein halbes Jahr zuvor angefangen, bei Facebook zu posten. Eigentlich zuerst nur, um mit ihrer Nichte Kontakt zu halten. Die hatte ihr auch alles eingerichtet und spontan zuerst ein paar Bilder aus ihrem Garten gepostet. Und daraufhin bekam sie Nachrichten von lauter Menschen, die sie gar nicht kannte, die sich aber für ihren nun wirklich besonders schönen Garten interessierten. Ob ihre »New Dawn«-Rosen Halbschatten hätten und dies vertragen würden? Wie es ihr gelingt, dass der Lavendel zweimal im Jahr blüht? Ihr Garten war schon seit Jahren ihr Ein und Alles. Jede freie Minute gehörte der Gartenarbeit. Aber bisher hatte das eben keiner gesehen, ihre Schwester und deren Familie, Johannes' Cousin, sonst gab es keinen, der sie besuchte. Und nun merkte sie, dass viele Menschen sich für ihre Gartenarbeit interessierten. Das war ganz wunderbar! Sie begann mehr und mehr, fast täglich, zu schreiben, welche Tipps und Tricks sie sich in den Jahrzehnten erarbeitet hatte. Wo man am besten Bodendecker pflanzt, welche Tomatensorten einen die süßesten Tomaten ernten lassen, wie man den Jasmin in Kugelform schneidet ...

Diesmal hatte sie gepostet, dass es natürlich viele Methoden gibt, Pflanzen ohne Gift von Blattläusen zu befreien. Sowohl das Besprühen mit einer Wasser-Zigarettenasche-Mischung funktioniere als auch das Abspülen mit Milch. Aber die beste und schönste Methode seien immer noch Marienkäfer. Und dann hatte sie berichtet, wie sie bei ihren Spaziergängen Marienkäfer sammle, wo diese am besten zu finden seien und wie sie diese dann auf den befallenen Pflanzen wieder aussetze.

Und darauf hatte er geantwortet, dass er dies zuerst kaum

glauben wollte, sich dann aber an ihre Ratschläge gehalten habe und tatsächlich Marienkäfer einfangen und auf den befallenen Pflanzen wieder aussetzen konnte. Und dass das nicht nur wunderbar funktionieren würde, sondern auch noch eine herrliche Aktivität sei.

Danach hatten sie fast täglich einander geschrieben, zuerst öffentlich, es ging ja um den Garten. Und er wusste auch so viel über Pflanzen. Dann, als die Themen eher persönlich wurden, per direkter Facebook-Nachricht. Schließlich mailten sie, denn so viel, wie sie sich gegenseitig erzählten, konnte man auf der kleinen Facebook-Nachricht so schlecht lesen.

Es wurde persönlich. Ganz nebenbei erzählten sie sich beide, dass sie alleine waren. Stellten fest, dass sie beide achtundvierzig waren. Merkten, dass sie neben dem Garten klassische Musik und Theater mochten. Dass sie beide mit Lesen nicht viel anzufangen wussten. Und dieselben Quizshows im Fernsehen sahen.

Und er war charmant. Sagte ihr, dass ihr Garten der schönste sei, den er je gesehen habe, dass er aber ihren Fuß, der aus Versehen mit auf dem Foto war, noch schöner fand. Kindisch, ein ganz vorsichtiges Flirten. Hatte sie je so geflirtet? Acht Monate lang ging das so. Und jetzt wollten sie sich treffen.

War das verrückt?

Ja, das war es. Wenn er das immer so machte? Eine Masche? Um alleinstehende Frauen rumzukriegen. Für schnellen Sex? Diebstahl? Ein Heiratsschwindler? Sie hatte niemandem von dem Date erzählt, nicht mal ihrer Nichte. Dabei hätte die das lustig gefunden, sicherlich. Alle anderen natürlich nicht. Gefährlich. Und wenn er nun einfach grottenhässlich wäre? Zentnerschwer? Oder dumm wie Stroh – nein, das konnte eigentlich nicht sein. Er hatte ihr Profilbild gesehen, er kannte sie, auch wenn das Bild sehr schmeichelhaft war. Eines der wenigen schönen Bilder von ihr, halb versteckt hinter ihren Rosen.

Sein Bild war nicht wirklich aussagekräftig. Ein Mann mit einem Hut, der das halbe Gesicht verdeckte. Das machten viele so bei Facebook. Nichts Ungewöhnliches. Vor dem Treffen hatte sie ihn gebeten, ihr ein Foto zu senden, damit sie ihn erkennen würde. Worauf er nur geantwortet hatte, das sei nicht nötig, er erkenne sie. Das war ungewöhnlich. Das war eigentlich falsch. Darauf hätte sie sich nicht einlassen sollen. Er hatte doch etwas zu verbergen.

Aber es konnte ihr doch nichts passieren. Sie hatten sich in einem Café verabredet, in Frankfurt, gleich gegenüber dem Bahnhof. Ganz öffentlich, da konnte doch nichts passieren. Sie hätte ihre Nichte mitnehmen sollen. Die hätte den Spaß mitgemacht. Sich unauffällig an den Nebentisch gesetzt und aufgepasst.

Nein, sie wollte niemanden dabei haben. In ihrer Fantasie war sie bereits viel weiter gegangen. In ihrer Fantasie sah er gut aus, sie hatten sich wundervoll unterhalten, sie hatten gelacht und dann hatte er sie bei der Hand genommen. Und die Schmetterlinge durchfluteten ihren ganzen Körper. Sie war mit ihm in ein Hotelzimmer gegangen, in das nächste. In ihrer Fantasie. – Da konnte man keine Nichte gebrauchen.

Aber jetzt war sie da. Frankfurt Hauptbahnhof, rief die Stimme aus dem Lautsprecher. Er würde nicht gut aussehen. Aber vielleicht würde er trotzdem etwas von ihr wollen. Sie zögerte einen Augenblick. Einfach hier im Zug bleiben und weiterfahren?

Sie setzte auch den zweiten Fuß auf den Bahnsteig.

Ihre Beine zitterten, als sie den kurzen Weg in das Café lief. Sie hätte eigentlich noch mal den Lippenstift nachziehen sollen. Jetzt war es zu spät. Es konnte ihr doch nichts passieren, hier zwischen all den Menschen. Wenn es ein Irrer war, der sie dann verfolgte, sie nicht mehr in Ruhe ließ? Immerhin, sie hatte ihm mit dieser Verabredung ja auch eine Art Versprechen gemacht. Sie war zu weit gegangen. Hilflos blickte sie sich um, aber keiner ging auf sie zu. Sie setzte sich an einen Tisch und wartete. Der Kellner kam und sie bat ihn nur um ein Glas Wasser, was er missmutig notierte.

Unsinn, Wahnsinn, sie würde aufstehen und gehen.

Ein Mann setzte sich ihr gegenüber hin. »Hallo.«

Er sah nicht gut aus, er sah nicht schlecht aus. Ein wenig wabbelig. Und sie hatte ihn erkannt, sofort. Wenn sie nicht gesessen hätte, hätten ihre zitternden Knie nun ihren Dienst versagt.

»Ich bin nicht wirklich ein guter Gärtner. Ich habe mir viel angelesen, die letzten sieben Monate.«

Sie sah ihn an.

»Ich habe dich gesehen, bei Facebook. Und musste es tun. Das verstehst du doch wohl?«

Sie schüttelte ganz leicht den Kopf.

»Ich habe nie vergessen, wie süß du aussahst, als der Ball nach hinten flog.«

»Und du warst der Einzige, der nicht gelacht hat, Konrad.«

Und es flatterte noch immer der eine oder andere Schmetterling.

3

Er wachte auf, als er ein seltsames, kratzendes Geräusch an der Haustür hörte. Im Nachhinein war es klar zu deuten, jemand manipulierte an der Haustür. Aber in seinem rotweindämmrigen Tiefschlaf war er wohl einfach wieder weggeduselt.

Erst die leise tappenden Schritte auf der Treppe machten ihn wieder wach, hellwach.

Wir lieben unsere Kunden

Stefanie Gregg

Er wachte auf, als er ein seltsames, kratzendes Geräusch an der Haustür hörte. Im Nachhinein war es klar zu deuten, jemand manipulierte an der Haustür. Aber in seinem rotweindämmrigen Tiefschlaf war er wohl einfach wieder weggeduselt.

Erst die leise tappenden Schritte auf der Treppe machten ihn wieder wach, hellwach. In diesem Moment war es ihm sofort klar: ein Einbrecher. Zweifelsohne. Seit der Scheidung lebte er alleine, hier tappte niemand mehr durch das alte Haus. Schnell griff er nach dem Telefon auf dem Nachttisch. Die Polizei anrufen, sofort. Aber seine Hände griffen ins Leere. Er tastete, versuchte leise zu sein. Seinen rasenden Herzschlag konnte wohl nur er selbst hören. Verdammt, das Telefon lag unten. Gestern Abend hatte er noch mit Anna telefoniert, lange. Um sie rumzukriegen. Scheiße. Das Telefon lag unten. Scheiße.

Wie lange sich Sekunden der Angst dehnten! Es gab hier nichts, um sich zu verstecken. Bis zum Schrank war es zu weit, der Einbrecher hatte kaum mehr zwei Stufen. Dieses presslufthammerartige Dröhnen in seinen Ohren war wohl das adrenalinhaltige Blut, das durch seine Adern gepumpt wurde. Kämpfen, er würde den Einbrecher überraschen und kämpfen. Seine Hand ballte sich zur Faust. Verflixt, er spürte den Daumen innen. Das war falsch, er verstand eigentlich gar nichts vom Schlagen, aber Daumen in der geballten Hand, das war falsch. Kämpfen, schlagen, mit dem Kopf in den Bauch rammen, in die Weichteile treten. Noch eine Stufe.

Ein Windhauch. Ein Geruch. Sehen konnte er nichts, denn er hielt die Augen geschlossen. Sich schlafend stellen. Alles, alles konnte der Einbrecher haben. Er hatte eh nicht viel. Was sollte er haben, Supermarktangestellter, immerhin zweiter Stellvertreter seit Kurzem. Trotzdem bekam die Hälfte seine Frau. Hier oben im Schlafzimmer war nichts, gar nichts, kein Cent. Was wollte der hier? Unten war immerhin das neue iPhone, der Geldbeutel. Vielleicht war ihm das zu wenig gewesen. Der Einbrecher bewegte sich nicht. Warum nicht? Wollte der testen, ob er wirklich schlief? Es war dunkel, zu dunkel, um seine flatternden Augenlider zu sehen. Oder?

Es vergingen zu viele Sekunden. Was tat der? Um Gottes willen auf keinen Fall die Augen öffnen, sich nicht bewegen, keinen Grund für Beunruhigung geben. Alles, alles könnte der nehmen. Verdammt, schien ihm das nur so, oder stand der jetzt schon eine Minute vor seinem Bett? Er konnte nichts hören. Doch da war dieser etwas fremde, süßliche Geruch, der stand noch immer vor ihm. Was konnte der nur wollen? Dieser süße Geruch, mit einem Schlag war es ihm klar. Das war ein Frauenparfum. Eines, das er kannte. Von seinen Mitarbeiterinnen vielleicht. Die nahmen oft Parfum, um den Schweißgeruch zu überdecken. Seine Freundin? Seine Exfrau? Scheiße. Nein, gut, eine Frau. Klar, Anna, das war Anna, die jetzt doch bereit war, sich ihm hinzugeben. Anna. Er öffnete die Augen.

Direkt vor seinen Augen war etwas. Groß und lang. Dildoformat. Er seufzte und spürte, wie sein Glied sich in all der Angst, die er immer noch hatte, aufstellte. Verdammte Lust. Scheiße, Anna. Aber hinter dem Dildo war keine Anna. Seine Augen gewöhnten sich nur ganz langsam an die Dunkelheit. Und das war auch kein Dildo. Aber es schob sich jetzt in seinen Mund hinein. Und das war kein gutes Gefühl. Es war metallen und eiskalt.

»Mach nur einen Mucks und ich ziehe ab.« Das war eine Frauenstimme hinter der Pistole, aber nicht Annas. Die Stimme war genauso kalt wie das Eisen, das in seinem Mund steckte. Er würgte leicht.

Seine Gedanken rasten. Eine Frau, eine Frau als Einbrecher? Eine Frau. Ein Scherz? Kein Scherz. Eine Frau, die er kannte? Langsam schälte sich das Gesicht im Dunkeln hervor. Keine Frau, die er kannte. Oder? Er kannte viele Frauen, jetzt erst recht, seit Ute fort war. Vorher auch. Irgendeine Ex? Nein, verdammt, er würde sich doch an sie erinnern können. Auch ein wenig zu alt für ihn: 40, 50? Er bevorzugte unter 35. Solange das noch ging. Und noch ging es, meistens. Wer war das? Selbst wenn er nicht dieses riesige Ding im Mund gehabt hätte, hätte er nicht fragen können. Er hatte nämlich eine Scheißangst.

»Du zitterst«, stellte sie fest, kühl, aber diese Tatsache eindeutig genießend, »du hast Angst.«

Klar, klar hatte er Angst – wenn das hier kein Spiel war, dann hatte er auch allen Grund dazu. Die könnte alles nehmen, den Geldbeutel und die 500 Euro aus dem Schrank, alles. Würde er ihr alles anbieten, wenn sie nur das Teil aus seinem Mund nähme. Er würgte und sie zog ein winziges bisschen zurück, nur so weit, dass er wieder Luft bekam.

»Und du hast auch allen Grund dazu.«

Er lag seltsam verkrümmt, sein Rücken tat weh, aber er wagte nicht, sich auch nur einen Zentimeter zu bewegen.

»Du kommst hier nicht mehr lebend heraus.«

Um seinen Rücken spürte er eine seltsame Wärme. Er hatte sich vollgepinkelt. Nur eine Feststellung. Weder Scham noch Ekel. Für jedes andere Gefühl war die Angst zu groß.

»Pfui, wie das hier riecht! Hat der Kleine sich wohl eingemacht?« Sie lachte. »So ist das, so fühlt sich das an, wenn man fertiggemacht wird, wenn man Angst hat.«

Es war bestimmt eine Ex von ihm. Verdammt, er hatte Frauen schlecht behandelt. All die Auszubildenden. Klar hatte er mitgenommen, was ging. Und sie abserviert, wenn die nächste kam. War sie vielleicht die, die ihm dann noch vor den Kunden an der Obsttheke eine Heulszene hingelegt hatte?

Die hatte er schnell danach rausgeschmissen. Nein, dafür war sie zu alt. Vielleicht die, die er im Tanzcafé aufgetrieben und so gevögelt hatte, bis sie blutete? Ihr war das dann plötzlich zu viel. Na, das hätte ihr ja doch keiner geglaubt. Aber die war doch blond gewesen, oder? Die hier war dunkel. Scheiße. Er hatte viele schlecht behandelt. Eine von denen musste es sein. Er stand halt auf harten Sex. Manchmal wurde es den Puten dann zu viel. Hätten sich ja nicht darauf einlassen müssen.

»Du denkst nach. Du denkst an die vielen Frauen, die du erniedrigt, gedemütigt hast. Denen du wehgetan hast. Mit Worten, mit Schlägen. Stimmt's?«

Sie musste ihn gut kennen. Vielleicht noch von früher, aus der Schulzeit, da hatte er oft zu viel getrunken. Aber die Frauen tranken eben auch manchmal mehr, als sie vertrugen. Das konnte er sofort sehen. Er beobachtete sie, manchmal spendierte er ihnen auch noch ein paar Drinks. Und dann gingen sie zum Klo. Und er ging hinterher. Aber sie mussten schon gut zu sein, damit sie am nächsten Morgen selbst nicht mehr alles so ganz genau wussten. Eine von denen war es, von früher, bestimmt.

»Es sind so viele, stimmt's? So viele, denen du wehgetan hast. So viele, die daran zerbrochen sind. Wie viele Frauenseelen hast du auf dem Gewissen? Hunderte?«

Das war übertrieben. Seine Frau hatte ihn geheiratet. Es hatte auch gute Zeiten gegeben. Na ja, als sie noch nicht dahintergekommen war. Okay, es waren viele, keine Hunderte. Er war doch auch nett zu seiner kleinen Tochter gewesen. Seit wie vielen Wochen hatte er sie eigentlich nicht mehr besucht? Nein, er war auch nett gewesen. Manchmal. Er war ein ganz normaler Mensch. Vielleicht nicht so ein Gutmensch, aber ganz normal, durchschnittlich, so wie alle halt.

»Du hättest anders werden können. Du hattest eine Mutter, die dich liebte, du hättest anders werden können.«

Seine Mutter hatte ihn geliebt, aber sie hatte auch zugelassen, dass der neue Mann ihn windelweich prügelte, wenn er ihr wieder Zigaretten geklaut hatte. Auf ihre Art liebte sie ihn. Und sie war so verzweifelt, als er mit zwölf von der Polizei nach Hause gebracht wurde. An dem Morgen hatte er ihr geschworen, dass sich jetzt alles ändert, und dann hatten sie heulend einander in den Armen gelegen. Und er hatte es auch wirklich so gemeint. Aber der nächste Schulverweis kam, weil er seine Lehrerin Fotze genannt hatte. Völlig überreagiert. Die Lehrerin. Und dann auch seine Mutter. Aber dann hatte sie ihm wieder verziehen, immer wieder. Sie hat ihn geliebt. Und hatte ihm immer wieder heimlich Geld zugesteckt. Das er versoffen hat. Sie hat ihn geliebt. Und er sie immer wieder enttäuscht.

»Red dich nicht raus. Uns widerfährt allen Gutes und

Schlechtes. Aber die einen schlagen sich dann auf die gute Seite und die anderen auf die schlechte. Darth Vader oder Luke Skywalker, dazwischen gibt es nichts.«

Die spinnt. Die ist irre, komplett irre, durchgedreht. Eine Sekte vielleicht. Satanismus, die hat Spaß daran, ihn zu töten.

»Denk nicht mal daran, dich zu bewegen. Im Moment richtet sich die Mündung geradeaus. Das reicht nicht zum Töten. Nach dem ersten Schuss machst du nichts mehr, aber dann schieße ich erst noch auf alle Körperteile einzeln.«

Er zitterte. Alles an ihm zitterte. Er wollte es abstellen, die würde ihre Drohung wahr machen. Aber es ging nicht, jeder einzelne Körperteil an ihm zitterte unkontrollierbar vor sich hin.

»Möchtest du wissen, woher wir uns kennen?«

Er hätte gerne genickt, aber er war sich nicht sicher, ob das in dem Zittern erkennbar war.

So oder so, sie schien nicht auf eine Antwort zu warten.

»An der Kasse, an der Kasse sind wir uns begegnet.«

An der Kasse, er saß nur ganz selten an der Kasse, nur wenn eine von diesen verschissenen Kassiererinnen auf krank machte. Das hatte er sie dann aber immer bereuen lassen.

»Ich war da. Mit meiner kleinen Tochter. Meine Tochter ist elf Jahre alt. Sie ist ein guter Mensch. Sie hat fast nur Gutes erlebt. Nur manchmal, da kann ich sie nicht vor allem beschützen. Da passiert es. Nur ganz selten, da stößt sie auf jemanden von der bösen Seite.«

Er hatte das Gefühl, gleich wegzukippen. Einfach ohnmächtig zu werden. Wieder lockerte sie ein winziges Stück des Drucks in seinen Mund.

»Ich hatte vormittags eingekauft. Zwei kleine Nachthemden für meine Tochter. T-Shirts. Für mich BHs und Unterhosen. Aus dem billigen Warensortiment, das ihr immer habt. Ich muss auf den Euro achten, so viel haben wir nicht. Aber diesmal war meine Tochter aus der Größe herausgewachsen. Und meine Sachen gefielen mir gar nicht. Es passierte mir sonst fast nie, aber diesmal musste ich die Sachen zurückgeben. Noch am gleichen Nachmittag ging ich mit den Retouren-Teilen und mit meiner kleinen Tochter zur Kasse. Die Verkäuferin ließ mich zehn Minuten warten, dann klingelte sie, um dich zu holen.«

Was redete die da? Was erzählte sie ihm? Einkaufen, Retouren. Deswegen konnte die ihn doch nicht umbringen? Hatte er die Retouren nicht angenommen? Keine Ahnung. Das war doch scheißegal.

»Du erinnerst dich nicht? Kein bisschen? Macht nichts. Ich erzähl's dir. Du kamst angeschlurft und warst schon genervt: ›Was, so viel wollen Sie zurückgeben, das gibt's doch gar nicht!‹ Ich versuchte zu erklären: ›Tut mir leid, das passiert sonst nie, aber diesmal war es die falsche Größe für mein Kind.‹ – ›So viel!‹, keiftest du.«

Da kam das Erinnerungsbild. Eine schmale, blasse Frau mit einem ebenso unscheinbar blassen Kind an der Hand. Und er hatte keine Zeit, überhaupt keine Zeit für so einen Scheiß. Und dann kam die da an mit vier Retouren. Und Anna hatte ihn gerade abgelehnt. Er hatte sich an die Kasse gesetzt, was ihn schon nervte. Lieber war er hinter dem Spiegel im Filialleiterbüro und beobachtete die Kunden, vorzugsweise die Kundinnen. Von oben hatte man gute Einblicke. Aber es war niemand anderes da. Also musste er die Retoure annehmen.

Und dann kamen von der anderen Kasse immerzu andere Kunden zu ihm. Noch mehr Stress, als ob er hier Kassierer war. Ja, es hatte gutgetan, dann laut zu rufen: »Sie brauchen hier gar nicht zu mir zu kommen, ich habe hier so viele Retouren. Das dauert!« War doch nicht schlimm. Natürlich, er hatte genau gesehen, wie die blasse Frau zusammengezuckt war. Und wie alle von der anderen Schlange missmutig zu ihr geblickt hatten.

»Kann ich vielleicht helfen, Ihnen die Artikelnummern vorzulesen?« Diese piepsige Stimme hatte ihn schon genervt. Genau, jetzt erkannte er sogar ihre Stimme. Jetzt war sie nicht mehr piepsig, sondern ganz ruhig.

»Sie – mir helfen? Nein, wirklich nicht! So viele Retouren! Eine, zwei vielleicht, aber doch nicht so viele!« Das hatte richtig gutgetan, zu sehen, wie sie noch kleiner wurde. Es war doch nichts Schlimmes gewesen, was er zu ihr gesagt hatte, nicht ›Du Fotze‹ wie zur Lehrerin. Aber er hatte es gesehen, die Demütigung war die gleiche, nein, besser.

Die kleine Tochter zog ihre Mutter zu sich: »Mama, dürfen wir das nicht zurückgeben?«

Sie flüsterte: »Doch. Ich kaufe so viel hier. Aber diesmal muss ich eben etwas zurückgeben.« Es klang aber schon entschuldigend, und ihre Tochter sah sie fragend an.

Schnell noch einmal nachlegen: »Nein, nicht hier zu mir. Bleiben Sie an der anderen Kasse. Ich kann ja auch nichts dafür. So viele Retouren, das kostet seine Zeit. Aber hier kann man ja alles zurückgeben, glauben manche.«

Die Wartenden in der anderen Schlange nickten verärgert.

»Sogar Unterhosen!« Das war laut, verdammt laut.

Jetzt breitete sich dieses schmutzige Grinsen auf den Gesichtern an der anderen Schlange aus. Die kleine Tochter hatte ganz rote Wangen. Und die Frau war blass. Und klein.

Er erinnerte sich ganz genau an sie.

Als sie fort war, musste er noch an der Kasse sitzen bleiben, um die anderen Kunden fertig zu kassieren. Hätte blöd ausgesehen, wenn er trotz Schlange wieder gegangen wäre. Wie ihn das nervte!

Und dann war sie tatsächlich schon wieder da. An der anderen Kasse hatte sie sich angestellt. Sicher bewusst. Es war nur ein ganz winziger, ängstlicher Blick zu ihm. Das war ein Blick wie der von den betrunkenen Mädchen. Das war der Opferblick. Den erkannte er sofort. Den konnte er riechen. Und er wusste, dass er jetzt zum Todesschlag ausholte, als er zum Azubi, der gerade die Ware wegräumte, rief: »Vier Packerln zurückgegeben – kannst dir das vorstellen! Eine Unverschämtheit. Sogar Unterhosen! Manche Leut‹ haben gar keinen Anstand.«

Er wusste das, wie ein Jäger, der sein Tier erschossen hatte – er wusste, dass er sie erlegt hatte. Kein Anstand. Vor ihrer Tochter. Erlegt. Erledigt. Das tat gut.

Sie nahm einen seltsamen Geruch wahr. Anfangs hatte sie ihn nicht gekannt. Jetzt schon. Es war der Opfergeruch. Der Moment, in dem der Mensch sich ergab, in dem er wusste, dass er gleich sterben würde, sich hingab. Es war der Moment, in dem sie ihm verzieh. Bevor sie den Abzug betätigte.

Sie ging hinaus.

Morde wurden zu 97,6 % aufgeklärt. Weil sie nämlich nahezu alle Beziehungstaten waren. Da kam die Polizei dann auf die Verbindungen. Bei ihr nicht. Eine Beziehung war es sehr wohl. Aber zu kurz, um darauf zu kommen. Nur drei Minuten an der Supermarktkasse. Fünf Minuten beim Zahnarzt, der sie ganz absichtlich ohne Spritze bohrte. Vier Minuten mit dem Busfahrer, der das Kind so angeschrien hatte. Vor langer Zeit die Stunden bei dem Lehrer, der sie hatte durchfallen lassen. Der Arzt, der ihr vor allen anderen »Spreiz-Knick-Senkfüße, mit denen kriegst du nie einen Mann« attestiert hatte.

Doch, sie hatte zu all diesen Leuten eine Beziehung. Und sie hatte sich entschieden, diese kleinen Fiesheiten des Lebens nicht mehr durchgehen zu lassen. Ihr Leben war verpfuscht durch solche, die sie fertiggemacht hatten. Viele, viele Kleinigkeiten, die sie gebrochen hatten. Und sie würde nicht zulassen, dass diese Kreaturen auch andere Menschen zerbrechen würden. Ihre Tochter würde in einer Welt aufwachsen, in der solche Menschen eliminiert waren. Eine Beziehung, zu wenig für die Polizei, genug für sie.

Brüder

Ingeborg Struckmeyer

Er wachte auf, als er ein seltsam kratzendes Geräusch an der Haustür hörte. Im Nachhinein war es klar zu deuten. Jemand manipulierte an der Haustür. Aber in seinem rotweindämmrigen Tiefschlaf war er wohl einfach wieder weggeduselt. Erst die leise tappenden Schritte machten ihn wieder wach, hellwach.

Arne drehte den Kopf zu der Seite, wo sein Telefon lag. Aber es lag nicht vor seiner Nase. Wo es hingehörte. Wo es immer lag, liegen musste.

Da, wieder dieses Tappen, diesmal auf der Treppe. Dann Husten, Raucherhusten.

»Kilian, bist du das?«

»Wieso bist du wach? Nach dem ganzen Rotwein müsstest du sozusagen im Koma liegen.« Die Stimme seines jüngeren Bruders klang verwaschen. Arne lachte. »Offenbar hast du noch etwas mehr Rotwein intus als ich. Und wieso bist du überhaupt hier? Ich denke, du bist bei deiner Freundin.«

»Wann sollte ich wohl Zeit für eine Freundin finden?« Wütend-betrunken jetzt Kilians Stimme.

Arne schwieg.

In die Stille drang plötzlich ein plätscherndes Geräusch.

»Was ist das, Kilian? Ein Wasserrohrbruch? Oder pinkelst du die Treppe hinunter?«

»Kein Wasserrohrbruch, und ich pinkel auch nicht.« Kilian kicherte, wurde dann aber ernst, todernst.

»Ich erfülle dir jetzt deinen größten Wunsch.« Das klang geradezu feierlich.

»Meinen größten Wunsch? Ich bin derzeit wunschlos unglücklich«, meinte Arne bitter.

»Du hast gesagt, du wärest bei dem Unfall am liebsten mit deinem Motorrad verbrannt. – Und jetzt riech mal! Eigentlich müsste der Geruch unter der Zimmertür durchwabern. Hier stinkt's jedenfalls schon mächtig.«

Arne schnüffelte. Benzin. Es roch eindeutig nach Benzin. Ein Geruch, den er geliebt hatte, trotz des Wissens um die Schädlichkeit. Das letzte Mal hatte er ihn vor zehn Jahren gerochen, als er kurz vor dem Unfall das Motorrad vollgetankt hatte.

»Kilian, bist du verrückt? Du steckst das ganze Haus in Brand. Um mich ist es ja nicht schade, aber wo willst du dann wohnen?«

»Ach, ich finde in einer leer stehenden Laube Unterschlupf. Ein paar Sachen und meine Papiere habe ich schon ins Auto gepackt«, lallte Kilian undeutlich.

»Dann hast du diese Aktion ja richtiggehend geplant. Hast mich mit Rotwein zugeschüttet, obwohl du doch sonst so pingelig bist, wenn es um Alkohol und meine Medikamente geht.«

»Und dann habe ich mich volllaufen lassen«, stimmte Kilian zu, »mir Mut angetrunken.«

»Und mein Telefon hast du mir auch weggenommen«, mutmaßte Arne.

»Musste ich doch. Du bedienst das Ding mit deiner Nase ziemlich geschickt.«

»Ja, sieht bestimmt einigermaßen bescheuert aus.«

Arne verzog den Mund.

»Ist doch egal. Jedenfalls klappt es.« So etwas wie Bewunderung lag in Kilians Stimme. Arne wusste, dass sein Bruder ihn schon von klein auf bewundert hatte. Er selbst hatte in den letzten Jahren nicht allzu viel für Kilian tun können. Zwar hatte er ihm durchs Abitur geholfen mit Mathe und Physik, ihm Aufsätze und Seminararbeiten diktiert. Aber was war das schon im Vergleich dazu, was Kilian die ganzen Jahre für ihn getan hatte.

»Aber warum machst du das jetzt, gerade jetzt? Nach all der Zeit.«

»Ich kann nicht mehr. Nein, ich will ich nicht mehr. Ich bin achtundzwanzig, und mein Leben ist irgendwie genauso vorbei wie deines«, jammerte Kilian.

»Aber du musst mich doch auch nicht weiterhin pflegen. Bring mich in ein Heim!«

»Ich hab Mama doch auf dem Sterbebett versprochen, mich um dich zu kümmern. Dabei wusste sie noch nicht einmal, dass ich damals gefahren bin und den Unfall verursacht habe. Du warst doch nur Sozius.«

»Scheiß auf das Versprechen!«

»Heißt das: Scheiß auf Mama???«

Arne seufzte. »Ach Kilian, natürlich nicht. Denk doch mal daran, was die Ärzte damals gesagt haben. Dass ich vermutlich nur noch drei Jahre zu leben hätte.«

»Und jetzt lebst du schon zehn Jahre.« Bitter jetzt auch die Stimme von Kilian.

Was man so leben nennt, dachte Arne und schaute an sich herunter. Gelähmt vom Hals bis zu den Füßen, seit er bei dem Unfall mit dem Genick auf die Bordsteinkante geprallt war.

Dank des Integralhelms war der Kopf allerdings heil geblieben. Und funktionierte tadellos. Das war aber so ziemlich das Einzige, was funktionierte.

Arne seufzte wiederum. »Killy, diese Aktion hier ist aber doch auch keine Lösung. Man wird dich drankriegen wegen Brandstiftung und wahrscheinlich auch wegen Mord. Denk doch mal nach!«

»So lange hast du mich nicht mehr Killy genannt.«

»Weil es auch wirklich eine alberne Abkürzung ist!«

»Aber jetzt passt sie doch ganz gut. Killy – kleiner Killer.« Sein Bruder kicherte erneut und meinte dann: »Eigentlich will ich dich gar nicht mehr killen.«

»Dann hol jetzt Handtücher und Bettlaken und wisch das Benzin auf. Bring alles hinten in den Garten. Vielleicht regnet es heute Nacht noch. Dann hätten wir ein Problem weniger. – Morgen suchen wir ein Heim für mich. Ab und zu besuchst du mich, und dann kannst du dein Leben leben.«

Arne spürte förmlich, wie Kilian zustimmend nickte, und atmete erleichtert auf.

»Aber jetzt muss ich mich erst mal ausruhen. Von den Benzindämpfen bin ich total benebelt. Ich setz mich auf die Fensterbank und steck mir eine an.«

»Nein«, wollte Arne schreien, aber es kam nur ein heiseres Krächzen aus seiner Kehle, »nein, keine offene Flamme.« Kilian hatte wirklich nie etwas von Physik verstanden!

In der Stille der Nacht hörte er ein Streichholz ratschen, ein zweites, ein drittes. Kilian musste sie fallen lassen haben, nur halb verlöscht.

»Arne, der Fußboden brennt ein bisschen«, sagte Kilian kleinlaut, verwundert und gar nicht mehr betrunken.

»Mach die Tür auf und komm rein«, befahl Arne. Er hörte Geräusche durch die geschlossene Tür, dann ein Wimmern. Er sah, wie die Türklinke sich bewegte. Aber nichts geschah.

»Die Tür klemmt«, schrie Kilian, »hier steht alles in Flammen. Arne, hilf mir!«

Die Flammen leckten unter der Tür durch. Lange würde sie nicht mehr standhalten.

»Renn die Treppe runter!«

»Und du, was ist mit dir?«

»Egal, du kennst ja meinen Wunsch. Jetzt geht er eben in Erfüllung.«

»Die Treppe brennt auch schon. Alles brennt.« Kilians Stimme erstickte in Husten und Schreien. Dann war es still. Arne hörte nur das Prasseln der Flammen. Noch hielt die Tür sie fern.

»Kilian!«, brüllte Arne, ohnmächtig, verzweifelt. »Kilian!« Tränen liefen ihm über das Gesicht. Niemand, der seine verstopfte Nase putzte, ihm den Rotz wegwischte. Er hörte Glas zerspringen. Das Flurfenster war geborsten.

In der Ferne schrillten die Sirenen der Feuerwehr.

Stadtanzeiger

Gestern Nacht kam es zu einem tragischen Unglücksfall infolge eines Brandes im Norden der Stadt. Ein dreißig Jahre alter querschnittsgelähmter Mann konnte in letzter Sekunde von der Feuerwehr aus den Flammen gerettet werden und wurde mit einer schweren Rauchvergiftung ins Krankenhaus eingeliefert. Für seinen jüngeren Bruder kam jede Hilfe zu spät.

4

Sie schlug die Tür hinter sich zu, lief die Treppe hinunter aus dem Haus. Ohne sich noch einmal umzusehen.

Engelchen

Ingeborg Struckmeyer

Sie schlug die Tür hinter sich zu und lief die Treppe hinunter aus dem Haus. Ohne sich noch einmal umzudrehen.

Auf dem Gehweg angekommen, bemühte Jutta sich, langsam zu gehen, nicht so, als ob sie auf der Flucht wäre. Allmählich beruhigten sich Atem und Pulsschlag. Sie rieb über ihre schmerzenden Handknöchel. So etwas war ihr noch nie passiert, dachte sie wütend und schüttelte die blonden Locken. Dass die Geschichte aber auch so aus dem Ruder gelaufen war! Dabei hatte sie alles doch perfekt geplant.

»Guten Morgen, Frau Lehnert! Darf ich Sie einen Augenblick belästigen? Es geht um eine gute Sache.«

Die alte Dame, die ihr die Tür geöffnet hatte, die Tür zu ihrem weißen Bungalow in exquisiter Hanglage, blickte sie zunächst etwas misstrauisch an. Doch dann entspannten sich ihre Züge. Juttas engelsgleiches Lächeln, stundenlang vor dem Spiegel geprobt, tat seine Wirkung.

»Ja, bitte?«, fragte sie freundlich, stützte sich dabei nur locker auf einen schwarzen Stock mit Silberbeschlägen.

»Ich mache eine Sammlung von Haustür zu Haustür. Unsere Organisation unterstützt Flüchtlinge in ihrer derzeit so schwierigen Situation.«

Jutta kramte einen Ausweis mit dem Logo »Helft den Ärmsten der Armen!« hervor. Darauf ein Bild von ihr, ein blonder Engel neben einem dunkelhäutigen Baby mit tränenfeuchten Augen.

Beim Herstellen des Ausweises auf dem eigenen Rechner

hatte Jutta beinahe selbst geweint. So anrührend wirkte das Bild.

»Ach Gott ja, ich bin selbst Flüchtling gewesen, nach dem Krieg. Ich komme aus Ostpreußen.« Frau Lehnerts Augen schweiften in weite Ferne, eine Ferne der Vergangenheit.

Während Frau Lehnert ihren Erinnerungen nachhing, betrachtete Jutta sie von Kopf bis Fuß. Wie immer sehr exquisit, wenn auch etwas altmodisch angezogen. Allerdings fehlte der Schmuck, den sie sonst bei ihren Treffen mit den anderen Damen im Café ›Erste Sahne‹ trug. Da hatte Jutta schon alle Varianten an ihr gesehen. Colliers mit passenden Armbändern, Ringen und Ohrgehängen. Brillanten, Rubine, Saphire und das gleiche in Grün: Smaragde. Immer passend zu ihren Kleidern und bewundert von den anderen Damen. Frau Lehnert selbst hatte dazu meist ein sparsames Lächeln auf den Lippen, aber wohl wissend, dass sie Eindruck machte.

»Ja, um Flüchtlinge geht es, wie gesagt!«, beeilte sich Jutta, die alte Dame aus vergangenen Zeiten zurückzuholen. »Ich habe auch bei den Nachbarn schon angefragt und eine Liste mit den Spenden angelegt.« Sie hatte sich wirklich Mühe gegeben, die Namen aus dem Telefonbuch zu recherchieren und jeweils eine unleserliche Unterschrift hinzuzufügen.

Interessiert griff Frau Lehnert nach der Liste. »Möchten Sie nicht hereinkommen? Ich habe gerade Kaffee gemacht. Den könnten wir doch zusammen trinken.«

Na, das ließ sich doch ausgesprochen gut an. Sie gingen eine kleine Treppe hinauf in den etwas muffig riechenden Salon, wie die alte Dame das Wohnzimmer nannte. Das Mobiliar wirkte ziemlich angejahrt, geradezu schäbig. Aber alte Leute trennen sich ja, wie man weiß, ungern von ihren gewohnten Dingen. Jutta ließ sich in einen abgewetzten Ohrensessel sinken. Und wäre am liebsten sofort wieder aufgesprungen, weil eine kaputte Metallfeder sich schmerzhaft in ihre Kehrseite bohrte. Sie rutschte ein wenig herum, was die Sache aber nicht wesentlich verbesserte. Dieser Sessel gehörte auf jeden Fall ausgemustert. Sie konnte gar nicht verstehen, wie jemand, der solche Vermögenswerte an Schmuck besaß, sich in einem doch recht vernachlässigten Ambiente wohlfühlen konnte.

Nun, das war nicht ihre Sache. Mit einem gezwungenen Lächeln nahm sie die Tasse Filterkaffee entgegen. Cappuccino wäre ihr lieber gewesen, aber man darf ja nicht zu anspruchsvoll sein. Außerdem hatte sie gehört, dass Filterkaffee wieder total angesagt wäre.

Während Jutta lauwarmen Kaffee aus einem hauchdünnen Porzellantässchen nippte, nahm Frau Lehnert erneut die Liste zur Hand.

»Da waren meine Nachbarn ja ganz schön spendabel«, meinte sie und fügte etwas boshaft hinzu: »Das hätte ich ihnen gar nicht zugetraut. Das ist sicher Ihrem Einsatz zu verdanken!«

Jutta senkte bescheiden den Kopf.

»Dürfte ich vielleicht Ihre Toilette benutzen?«, meinte sie schließlich. »Ich bin schon seit Stunden unterwegs.«

»Gleich nebenan«, antwortete die alte Dame, ohne von der Liste aufzublicken.

Jutta nahm ihre Handtasche, ging aus dem Wohnzimmer, öffnete die Tür zum Bad und schloss sie geräuschvoll wieder. Von außen. Das Schlafzimmer befand sich nur eine Tür weiter. Suchend ließ sie die Blicke schweifen und hatte rasch ausgemacht, wonach ihr der Sinn stand. Ein hölzernes Kästchen mit Metallbeschlägen, dessen Deckel offen stand. Da war er, der Schmuck. Sie konnte nicht anders: Statt sofort alles einzustecken, ließ sie Ketten und Ringe durch die Finger gleiten.

»Au, aua!«, schrie sie, als der schwarze Krückstock auf ihre Handgelenke niedersauste. Frau Lehnert hatte sich herangeschlichen, den Stock in der einen, ihr Handy in der anderen Hand.

»Lassen Sie meinen Schmuck, wo er ist!«, befahl die alte Dame empört, »sonst rufe ich die Polizei!« Drohend schwang sie noch einmal ihren Stock, wobei sie Jutta jetzt aber verfehlte. Die sah aus den Augenwinkeln den schweren silbernen Kerzenleuchter auf der Frisierkommode stehen, ergriff ihn und schlug ihn Frau Lehnert auf den Kopf. Dabei fiel die dicke Kerze von ihrem Untersatz und rollte auf den etwas struppigen Bettvorleger, sodass Jutta die alte Dame mit dem spitzen Dorn traf.

Mit einem kleinen Aufschrei brach Frau Lehnert zusammen, und dann war es still. Sehr still.

Notwehr, dachte Jutta. Es war reine Notwehr. Möglicherweise würde das der Polizei aber nicht einfach zu erklären sein. Deshalb musste sie zusehen, dass sie das Haus verließ. So schnell wie möglich. Dass Frau Lehnert nicht mehr zu helfen war, hatte Jutta mit einem kurzen Seitenblick auf die eingedrückte, leicht blutige Schädeldecke der alten Dame festgestellt.

Sie holte den Jutebeutel, den sie für den Schmuck gedacht hatte, aus ihrer Tasche – der Umweltgedanke war ihr sehr wichtig – und ließ den Kerzenleuchter darin verschwinden. Die Juwelen warf sie hastig in ihre Handtasche, wobei sie beinahe einen Saphirohrring in dem mit blauem Samt ausgeschlagenen Kästchen übersehen hätte.

Ein großer Schritt über die alte Dame hinweg – Notwehr, reine Notwehr –, dann ließ sie die Tür hinter sich ins Schloss fallen und lief die Treppe hinunter zum Haus hinaus. Ohne sich noch einmal umzusehen.

Auf dem Weg zum Bahnhof kam sie an einem Taxistand vorbei. Das würde sie sich heute mal gönnen. Ein Taxi zum Juwelier ihres Vertrauens. Zwar hatte sie so gut wie kein Geld in der Tasche, aber das würde sich ja gleich ändern.

Sie verließen die kleine Stadt und waren nach einer guten halben Stunde vor dem kleinen Laden mit Souvenirs und Antiquitäten angekommen.

»Bitte warten Sie einen Moment«, sagte Jutta zum Taxifahrer, »es dauert nicht lange.«

Hannes, der Juwelier ihres Vertrauens, empfing sie mit einem breiten Grinsen. Zwar zahlte er nicht annähernd das, was die Klunker wert waren, aber dafür stellte er keine dummen Fragen.

»Na, Engelchen – oder sollte ich besser Bengelchen sagen – wen hast du denn dieses Mal beerbt, Großmutter, Tante, Cousine?« Jutta verdrehte die Augen. Eine dumme Frage musste sie sich wohl gefallen lassen. Ohne ein Wort legte sie den Schmuck auf den Tresen. Und wie erwartet, begannen Hannes' Augen zu strahlen. »Ein bisschen altmodisch das Zeug, aber schauen wir mal genauer hin.«

Er griff nach seiner Lupe. Gleich darauf verdüsterte sich sein Gesicht. »Tja, Engelchen, da hat dich dieses Mal jemand nach Strich und Faden verar… – will sagen vereimert! Alle Steine sind wunderbar gefasst, aber alle wunderbar unecht.«

»Du willst mich auf den Arm nehmen!« Juttas Stimme zitterte.

Hannes lachte. »In den Arm, gern! Aber das ganze Zeug ist wirklich so gut wie nichts wert. Ich denke, da war jemand in finanziellen Schwierigkeiten und hat von dem ehemals wirklich kostbaren Schmuck Kopien anfertigen lassen. Sehen echt aus, sind es aber nicht. Tut mir richtig leid für dich, Engelchen!«

Jutta war blass geworden. In Windeseile zogen ein paar Bilder in Gedanken an ihr vorüber. Die altmodischen Kleider, der schäbige Salon und die kaputte Sprungfeder im Sessel. Jetzt ergab das alles einen Sinn. Sie fuhr mit der Hand über die immer noch schmerzende Stelle an ihrem Hinterteil und kehrte in die Gegenwart zurück.

Draußen wartete das Taxi. Sie sah sich schon nach einem Hinterausgang um, aber dann fiel ihr der Kerzenleuchter ein. Unauffällig wischte sie in dem Jutebeutel an ihm herum, zog ihn dann hervor und präsentierte ihn Hannes, inzwischen etwas ängstlich.

»Das ist ja ein wirklich schönes Stück!« Er nahm wiederum die Lupe zur Hand. »Sterlingsilber! Hat allerdings eine winzig kleine Beule.« - Jutta dachte an den eingedrückten Schädel der alten Dame – Notwehr, reine Notwehr. »Dafür kann ich dir einen Hunni geben«, fügte Hannes hinzu.

Jutta nickte nur und nahm den Geldschein in Empfang. So konnte sie wenigstens das Taxi bezahlen.

Und sie war das Tatwerkzeug los!

Gartenparty

Stefanie Gregg

Sie schlug die Tür hinter sich zu, lief die Treppe hinunter aus dem Haus. Ohne sich noch einmal umzusehen.

Draußen waren die Gartenfackeln abgebrannt. Was war das für ein prächtiges Fest gewesen! Nur wenige Stunden zuvor hatte sie mit Wolfram zwischen all den brennenden Fackeln hindurch den steinernen Weg betreten, der direkt um das Haus herum in den Garten führte. Keine so großartige Villa wie ihre, aber ein wundervoll renoviertes altes Gutshaus. Ihr eigenes Haus war das Nachbarhaus, und das konnte man tatsächlich als Villa bezeichnen. Es war eines der wenigen gut erhaltenen Häuser aus dem 19. Jahrhundert in der Stadt. Viele beneideten sie um dieses Haus, das nur der sichtbare Teil ihrer guten Ehe in den Adel hinein war. Simone von Falkenhagen – das klang doch deutlich besser als Simone Bauer, wie sie vor ihrer Ehe geheißen hatte. Allein dieser Name öffnete Türen, von denen sie zuvor nicht einmal gewusst hatte, dass es sie gab. Dass sie dafür den langweiligen Wolfram ertragen sollte, schien ihr zu Anfang ihrer Ehe ein kleiner Preis. Aber was heute passiert war, hätte sie in ihren kühnsten Träumen nicht erwartet. Vor aller Augen war aufgedeckt worden, dass ihr Wolfram eine Affäre mit Bernadette hatte, ihrer Nachbarin und besten Freundin. Wer hätte das für möglich gehalten? Keiner! Im Gegenteil, insgeheim, wenn sie unter sich waren, hatten ihre Freundinnen Wolfram »Simones Dackel« genannt. Und wenn Bernadette gut drauf war, hatte sie mit hängender Zunge und Dackelblick nachgeahmt, wie Wolfram Simone auf Schritt und Tritt folgte. – Die schauspielerische Vorstellung war immer wieder einen Lacher wert gewesen in ihrer Damenrunde.

Heute waren sie alle ganz still geworden, als langsam klar war, was hier gespielt wurde.

Wie herrlich hatte das Fest angefangen! Bernadette hatte alles aufgeboten, was sie an Kochkünsten zu bieten hatte: Scampi-Spieße, Tortillas, Tomate mit Mozzarella, Zaziki – alle möglichen Köstlichkeiten auf dem Buffet luden den ganzen Abend über zum Naschen ein. Ein Mädchen aus der Nachbarschaft schenkte Prosecco und Wein nach. Und gegen Ende des Abends bot Jörg noch seine Künste im Mischen von Cocktails auf. Gegen Mitternacht gab es kaum noch jemanden in der großen Runde, der nüchtern war. Aus dem geöffneten Fenster drang Pop-Rock, und einige schwangen immer wieder auf der großen Terrasse das Tanzbein. Simone hatte mit Jörg getanzt. Weder Bernadette noch Wolfram waren große Tänzer. Und sie waren als Paare seit Jahren befreundet, seit Bernadette und Jörg in das renovierte Gutshaus neben ihnen gezogen waren. Simone konnte sich noch genau daran erinnern, als sie Bernadette zum ersten Mal gesehen hatte. Es war beim Einzug. Während sie ein paar Jahre zuvor in die Villa zu Wolfram gezogen war und Möbelpacker jedes Stück von ihrer Wohnung hierher transportiert hatten, packte Bernadette selbst mit an. Sie trug eine Jeans-Latzhose und hatte sich die wilden Locken mit einem pinkfarbenen Tuch aus dem Gesicht gebunden. Mit Energie und Ausdauer trug sie ihre Kartons ins Haus. Sie sah so frisch und glücklich aus. Simone hatte sie aus dem Fenster beobachtet und sich schnell noch die Nadeln aus dem Dutt gezogen, bevor sie hinausgegangen war und die neue Nachbarin begrüßt hatte. Sie mussten etwa gleich alt sein und dennoch erschien ihr Bernadette wie aus einem anderen Leben hier in die Villengegend hineingefallen. Jörg war Elektriker, aber er hatte sich mit einem kleinen, aber sehr schicken Laden selbstständig gemacht und den großen Coup gelandet, als er als Erster und exklusiv für die ganze Gegend die angesagten ›Gartenkugeln‹ verkaufte, riesige, sündhaft teure Lampen, die wie große, erleuchtete Luftballons aussahen. Die waren über Jahre der Renner, und Jörg machte sein Geschäft. Selbst wenn im Moment sein Laden nicht mehr so lief wie in den allerbesten Jahren, das Haus war abbezahlt, und er und Bernadette waren nicht die Typen, die sonst noch viel brauchten – keine Perserteppiche, kein Diamantenschmuck. Bernadette gönnte sich irgendwann den Luxus und hörte auf, als Gärtnerin zu arbeiten, um sich nur noch ihrem eigenen Garten zu widmen, der tatsächlich zu einer grünen Oase wurde. Sie hatte ein grünes Händchen – es gab einen Rosengarten, einen mit Farn umrundeten Gartenteich, eine steinerne Kräuterschnecke. Wohin man auch blickte, konnte man in diesem Garten etwas anderes entdecken. Ein kleiner Gartenzauber. Dass Bernadette und Jörg ihre Feste besonders gerne auf den Sommer legten, war selbstverständlich. Und Simone war oft bei Bernadette, viel häufiger als bei sich in der eigenen Villa, wo alles von der Putzfrau penibel sauber gehalten wurde. Aber im Vergleich zu Bernadettes Haus und Garten wirkte für Simone plötzlich alles etwas steril. Wenn Simone auch mal versuchte, rote Filzherzen über den Esstisch zu hängen, was bei Bernadette so zauberhaft und heimelig wirkte, rümpfte Wolfram die Nase und zog eine Augenbraue hoch. Mehr musste er dazu nicht sagen.

Und Jörg war einfach immer nett. Nie aufdringlich, nie zu

laut, nie angeberisch. Nur wenn er Bernadette sah, konnte er nicht anders, als ihr in den Hintern zu kneifen. Es war offensichtlich, wie sehr er ihren Po schätzte und welche Assoziationen Bernadettes Rückseite bei ihm sofort weckte. Simone kaufte sich auch eine Jeans, die ihren Po betonte. Wolfram kniff nicht zu.

Nicht dass sie nicht auch gefeiert hätten. Mindestens Wolframs Geburtstag im Winter und ihren im Sommer. Mit Caterer und mehreren Damen, die Häppchen und Champagner reichten. Aber – und es tat weh, das zuzugeben – die bessere Stimmung herrschte bei Bernadettes Partys. Manchmal hatte Simone Angst, Bernadette zu langweilig zu werden, aber Bernadette nahm ihre Freundschaft hin, sie hatte genug von sich zu verschenken, an viele, an alle, auch an Simone.

Heute Abend hatten sie alle zu viel getrunken. Selbst Wolfram, der doch sonst immer die Contenance wahrte. Und immer wieder stieg Jörg in seinen geliebten Weinkeller hinab und holte neue Kostbarkeiten hervor. Der Weinkeller war noch ein originaler Rest des alten Gutshauses. Jörg hatte das Erdgeschoss renoviert und dabei die meisten Innenwände erneuert. Aber den alten Keller hatte er belassen, um seiner Hobbyleidenschaft, der Winzerei, zu frönen. Auch Wolfram war richtig angetrunken. Er mochte gute Weine – und selten war jemand mit den teuersten Tropfen so freigiebig wie heute Jörg. Ob er betrunken war, vermochte Simone nicht zu beurteilen. Selbst in dem Zustand blieb Wolfram ruhig. Langweilig eben, stellte Simone innerlich fest, selbst betrunken sterbenslangweilig. Aber er war wohl betrunken genug für das, was er dann gemacht hatte.

Zuerst hatte keiner mit Simone gesprochen. Die Gespräche

waren verstummt, irgendwann drehte jemand die Musik ab, obwohl sie doch gerade mit Jörg tanzte. Um sie beide bildete sich ein Kreis, als ob keiner es wagte, sie anzusprechen.

»Macht die Musik wieder an, ich will noch tanzen«, rief Simone und merkte erst an der Reaktion der Umstehenden, dass irgendetwas überhaupt nicht stimmte. Es war Gerhard, der ältere Nachbar von gegenüber, der sie beide am Arm packte, hineinführte und aufs Sofa setzte. Danach überschlugen sich bereits die Ereignisse. Es klingelte, Notarzt und Sanitäter stürmten zur Haustür herein, jemand zeigte ihnen die Treppe zum Keller und verstellte Simone und Jörg den Weg dorthin. Im nächsten Moment waren Polizisten im Haus, einer lief mit hinunter in den Keller, ein anderer setzte sich Jörg und Simone gegenüber auf das Sofa und fragte nach ihren Namen. Unten im Keller hörte man Stimmengewirr, Erklärungen von Nachbarn, Kommentare des Arztes und des Polizisten. Simone saß wie erstarrt auf dem Sofa und konnte die Situation kaum wahrnehmen.

Als der zweite Polizist mit dem Arzt ins Wohnzimmer hinaufkam, nickte er dem ersten Polizisten zu: »Nimm bitte draußen die Personalien von allen Gästen auf. Ich mache das hier.« Der jüngere Polizist nickte erleichtert und bat alle Gäste auf den Flur.

Simone und Jörg saßen beide wie versteinert. Sie mussten nicht fragen, es war klar, dass der Polizist ihnen die Situation nun erklären würde.

»Es tut mir sehr leid, aber ich muss Ihnen mitteilen, dass Ihre Frau, Bernadette Klein«, er nickte zu Jörg, »und Ihr Mann, Wolfram von Falkenhagen, beide tot im Keller aufgefunden worden sind. Die Nachbarn haben sie identifiziert.« Simone hatte das Gefühl, nicht mehr atmen zu können. »Obwohl wir die endgültige Obduktion abwarten müssen, liegt als erste Vermutung auf der Hand, dass die beiden einem Gärgasunfall zum Opfer fielen.«

Simone wusste, was ein Gärgasunfall war. Jörg hatte es ihnen allen bei einer Führung durch seinen Weinkeller erklärt. Am Boden eines alten Weinkellers konnten sich Gärgase sammeln, sodass der Kohlenstoffdioxidgehalt stärker und der Sauerstoffgehalt geringer wurde. Da die Gase absolut geruchsfrei sind, konnte es geschehen, dass Menschen in diesem Gasgemisch einschliefen und starben. Aber Jörg hatte ihnen auch erklärt, dass der gefährliche Bereich höchstens knapp über dem Boden lag, da darüber die Entlüftung über die Fensterschlitze genüge. Und wer sei schon so verrückt, sich auf den Boden eines alten Weinkellers zu legen.

»Nur auf dem Boden, das kann doch nicht sein, nur auf dem Boden«, flüsterte deswegen Simone auch. Der Polizist verstand ihren Einwand und räusperte sich. Offensichtlich war es ihm sehr unangenehm, was er ihr nun zu erklären versuchte. »Hm, die beiden lagen wohl auf dem Boden.«

»Sie lagen auf dem Boden? Betrunken?«, fragte Simone verwirrt.

Jörg sagte gar nichts, er stand offensichtlich unter Schock.

»Sie waren nackt und lagen zusammen auf dem Boden.« Der Polizist vermied den Augenkontakt mit beiden.

Langsam drang die Erkenntnis dieser Feststellung bei beiden durch. Jörg begann zu weinen. Der brave Wolfram. Deswegen waren alle so still. Wer auch immer sie gefunden hatte, die Situation war wohl eindeutig gewesen.

Der Arzt bot ihnen beiden Beruhigungsmittel an. Während

Jörg sich eine Spritze geben ließ, stand Simone empört auf. Sie schien gefasst. »Nein, danke.«

Allen im Raum war klar, wie gedemütigt sie sich fühlen musste. Jörg weinte leise vor sich hin.

Der Arzt fragte, ob er sie mit ins Krankenhaus nehmen solle. Auch das verweigerte sie mit einer klaren Haltung. Als nach drei Stunden der Unfallort aufgenommen und gesichert war sowie die Leichen abtransportiert, ließ man sie alleine, auf ausdrückliche Aufforderung Simones hin.

Es war fünf Uhr morgens und langsam ging die Sonne auf. Jörg hielt immer noch die Hände vors Gesicht geschlagen.

»Kannst jetzt mit dem Heulen aufhören. Sie sind alle fort.«

Jörg nahm die Hände vom Gesicht.

»Dich nimmt das gar nicht mit, was?«

»Nein, lief ja alles wie geplant. Übrigens, echt gut, mein Süßer, wie du die beiden abgefüllt hast.«

»War nicht schwer, sie haben gerne zugegriffen. Bernadette bei den Cocktails. Na ja, und Wolfram ausschließlich bei den sündhaft teuren Weinen. Sein Tod hat mich was gekostet.«

»Und wie lief's unten im Weinkeller?«

»Easy. Leichter, als wir es uns vorgestellt hatten. Sie waren beide schon so betrunken. Dazu ein wenig Chloroform und weg waren sie. Es war nicht schwer, sie nackt auszuziehen und aufeinanderzulegen. Den Rest hat das Gas gemacht.«

Sie lachte.

»Aber mir ist es jetzt schon nahegegangen. Du weißt, ich habe es für dich gemacht!«

Ja, das wusste sie. Sie hatte lange nicht kapiert, wie sie ihn kriegen konnte. Nicht mit engen Jeans, nicht mit ihrem Po, nicht mit ihrem Busen. Bis sie ihn einmal von ihrem Fenster aus beobachtet hatte, wie er tief in der Nacht S/M-Videos ansah. Das also war seine heimliche Leidenschaft. Das aber konnte sie! Sie hatte ihn an einem Abend überrascht, als sie Bernadette auf einem Fortbildungskurs wusste. Mit Lederanzug und Peitsche. Und er war ihr hörig, absolut, ihr kleines Hündchen.

»Herrin, darf ich dir heute noch dienen?«, fragte er unterwürfig und ließ sich in den aufgehenden Strahlen der Sonne auf alle viere vor ihr nieder.

Sie lachte und lachte.

»Oh nein, mein Hündchen, denn ich werde jetzt gehen. Endlich. In die Freiheit. Und zwar ohne dich. Du hast deine Schuldigkeit getan. Es ist alles bestens verlaufen. Kein Verdacht wird auf uns fallen.«

Er war noch auf allen vieren, als sie lachend zur Haustür ging.

5

Es war nachts um drei, und er lief und lief und lief. Erst durch dunkle Häuserschluchten, dann durch weniger besiedelte Gebiete, schließlich über die Felder. Er kannte die Umgebung nicht mehr. Er lief und lief. Man hätte annehmen können, er liefe vor etwas davon. Man hätte annehmen können, es sei jemand hinter ihm her.

Der Legionär

Stefanie Gregg

Es war nachts um drei, und er lief und lief und lief. Erst durch dunkle Häuserschluchten, dann durch weniger besiedelte Gebiete, schließlich über die Felder. Er kannte die Umgebung nicht mehr. Er lief und lief. Man hätte annehmen können, er liefe vor etwas davon. Man hätte annehmen können, es sei jemand hinter ihm her.

So war es auch. Aber er lief vor keinem Menschen fort. Er rannte vor seinen Träumen davon. Diese Nacht war es einfach wieder unerträglich gewesen.

Deswegen schlief er normalerweise nicht in der Nacht. Er blieb wach. Er zog durch Bars und Kneipen, meist ohne dort mit jemandem zu sprechen. Nicht, dass ihn niemand angesprochen hätte. Männer klopften ihm auf die Schulter und riefen »Hey, Kumpel, trink ein Bier mit uns!« Wahrscheinlich sah er so aus, als ob er mit ihnen ein Bier trinken würde. Doch das tat er nicht. Nie. Er trank keinen Alkohol. Er wollte die Kontrolle über sich behalten, immer, nie mehr die Kontrolle verlieren. Nie mehr.

Manchmal sprachen ihn Frauen an. Meist ignorierte er das genauso. Manchmal ging er mit ihnen nach Hause. Immer mit einem schlechten Gewissen. Natürlich hatte er auch gerne mal eine Frau im Bett, Arme, die ihn umschlungen hielten, warme Momente, in denen er alles vergessen konnte. Aber es war nicht fair gegenüber den Frauen. In den allermeisten Fällen versprachen sie sich mehr. Und meist war er nicht mehr da, wenn sie aufwachten. Er wollte die Nähe, aber er konnte sie nicht ertragen. Er hatte Angst, sie könnten seine Träume sehen. Was sie nie taten, zum Glück.

Wenn er schließlich bis zur Erschöpfung müde war, legte er sich schlafen, gegen vier, gegen fünf oder sechs Uhr in der Früh, wenn der Morgen graute, wenn die anderen Menschen sich aufmachten, zur Arbeit zu gehen.

Dann konnte er schlafen, ein paar Stunden, in völliger Erschöpfung.

Wenn er früher einschlief, war das ein Problem. Dann kamen die Träume. Träume waren das falsche Wort dafür. Traum war so ein schönes Wort. Traum klang leicht und schön und erstrebenswert. So etwas hatte er nicht. Das, was ihn in der Nacht besuchte, waren Chimären, bösartige Wesen, Monster. Szenen, Bilder. Der Geruch von Blut, der Geschmack von Blut, wenn es einem ins Gesicht spritzt. Menschen ohne Beine, ohne Arme, ohne Gesichter. Dazwischen sah er ihre Uniformen, die beigen Hemden der Fremdenlegionäre. Die Helme, die Gewehre, die immer noch nach heißem Eisen rochen.

Mit all dem hätte er leben können, irgendwie, er lebte damit seit zehn Jahren, seit er aus dem Vertrag mit der Fremdenlegion herausgekommen war, endlich. Man konnte Tote von sich forthalten, selbst in den Träumen. Man konnte das lernen. Er hatte das gelernt. Das Problem war nur, dass dann alles in Distanz rutschte. Auch das Leben tagsüber. Hielt man die Monster in der Nacht von sich entfernt, auf Abstand, so blieben auch die Menschen am Tag leblos, auf Abstand. Und man entfernte sich auch von sich selbst.

Diese Nacht war unerträglich gewesen. Schuld war die Frau, die er in der Nacht zuvor mit nach Hause genommen hatte. Sie hatte ihm gefallen. Sie war nicht die typische Kneipenfrau, viel zu jung. Sie war blond und hübsch, aber vor allem schweigsam. Eher zu leise als zu laut. Irgendwie traurig. Irgendetwas hielt sie verborgen. Sie brachte etwas in ihm zum Klingen. Er hatte sich geöffnet, nur ein winziges bisschen, aber immerhin. Er hatte sie gemocht. Und sie ihn. Keine Ahnung, vor was er sie hätte retten müssen.

Für sie war er einfach nicht eingeschlafen, gar nicht, er hatte über sie gewacht, bis sie aufgewacht war, und sie hatten zusammen gefrühstückt. Das hatte er seit Jahren nicht mehr gemacht. Am Morgen lächelte sie ihn über die Kaffeetasse an. Sie hatte sich in ihn verliebt. Verliebt, das war nicht gut.

Wenn er anfing, sich zu öffnen, sich an etwas zu binden, dann konnten die Träume ungehindert eindringen.

Den Tag hatte er durchgehalten, vielleicht war das ein Fehler. Dafür war er am frühen Abend eingeschlafen. Und zur nun offenen Tür in sein Inneres drangen sie ein, erbarmungslos, die Bilder der einen Szene.

Und jetzt musste er laufen und laufen, fortlaufen von ihnen, bis zur Erschöpfung. Wo war er? Er blickte um sich und blieb wie erstarrt stehen. Er war auf dem Schlachtfeld. Er sah die Bunker. Es war ein großes Feld, auf dem sich ein Hügel nach dem anderen erhob, die Dächer gut versteckt unter Wiesen, nicht zu erkennen aus der Luft. Aber er kannte sie, es waren Bunker aus dem Krieg. Früher hatten sie hier Flugzeuge versteckt.

Plötzlich konnte er das Kriegsfeld hier sehen, konnte die Soldaten hier entlanglaufen sehen. Und die Bunkerwiese verwandelte sich in ein anderes Schlachtfeld, die Bunker wurden zu den kleinen Hütten, in denen die Dorfbevölkerung lebte, der grüne Wiesenboden verwandelte sich in roten, afrikanischen Staubboden. Jetzt versteckten sich die Menschen hier. Aber wie konnte das sein? Normalerweise kamen die Träume im Schlaf. Und er schlief nicht, das wusste er doch ganz genau! Er schlief nicht. Aber er war wieder dort, zwischen den Hütten.

In Strömen lief ihm der Schweiß von der Stirn, obwohl es doch eine kalte Nacht in Deutschland war. Keine afrikanische Nacht. Er schlief nicht. Er blickte an sich herab: Jeans und T-Shirt. Keine Uniform, kein Schweißband – deswegen tropfte ihm auch der Schweiß in die Augen. Er schlief nicht. Aber er war auf dem Schlachtfeld, das doch sonst nur in der Nacht in seinen Träumen da war. Keine Kameraden waren da, wie sonst, in der Nacht. Sie stürmten nicht gemeinsam das Feld, wie sonst, in der Nacht.

Jetzt war es so weit, jetzt kamen sie in den Tag hinein. Er kniete sich auf die Wiese und weinte. Laut. Er schrie vor Schmerz. Jetzt kamen die Bilder also auch am Tag. Er öffnete die Hütte. Auf der Suche nach Zivilisten. Er war zu hektisch, er hatte es zu eilig gehabt, er hatte die Umgebung nicht abgesichert. Dieses eine Mal nicht. In der Hütte war eine Familie: Vater, Mutter, Tochter. Der Vater dreht sich um, scheint nach etwas zu greifen, vielleicht nach einem Gewehr. Dann kamen die Blitzlichter. Als ob es nur Fotos seien. Als ob er gar nicht dabei sei. Blitzlicht. Er hält das Maschinengewehr im Anschlag. Blitzlicht. Hinter ihm ein Schatten. Er hält ihn für einen Kameraden. Der Schatten kommt herein. Blitzlicht. Ein Schuss fällt, der Vater geht zu Boden. Er reagiert nicht. Sieht der Kamerad im Vater einen Partisanen? Er versteht die Situation nicht. Blitzlicht. Der hinter ihm schießt und schießt. Blitzlicht. Die Frau. Sie schreit. Blitzlicht. Das Mädchen. Röchelt, spuckt Blut. Blitzlicht. Er schießt und schießt. Blitzlicht. Neben dem Vater, es war kein Gewehr, nach dem er gegriffen hat, es war ein Baby. Blitzlicht.

Als ob er nicht dabei gewesen war, die ganze Zeit, mit dem Gewehr in der Hand. Als ob er nicht dabei gewesen sei.

Hätte er sich einfach umgedreht und den Schatten hinter ihm erschossen, der ein Partisan und kein Kamerad war, er hätte sie alle retten können. Vater, Mutter, Säugling, Tochter.

Das Mädchen röchelte noch Stunden in seinen Armen, bevor sie starb. Hustete Blut in sein Gesicht, ein unendlicher Strom roten Blutes, starb ganz langsam, und er konnte nichts tun, hatte versagt, hatte sie sterben lassen.

Jetzt waren sie also da, die Träume, am Tag. Gut so, sie sollten ihn jetzt nehmen. Die Chimären sollten ihn jetzt mit ihrem Feuer verbrennen. Gut so. Lange genug hatte er versucht, davor wegzurennen, gut so. Es gab Auswegstrategien, der Sprung vor die Bahn, der Sturz von der Brücke, er hatte sie alle wohl überlegt.

Er kniete immer noch in der Wiese. Nicht im Sand. Konnte es sein, dass die Wiese real war? Gab es hier wirklich Bunker?

Nichts verschwand, nichts kam. Die Bunker blieben. Es waren wirklich Bunker.

Aber das Weinen in seinen Ohren, das Kinderweinen? Wann verschwand es endlich? Das Wimmern. Es hörte nicht auf.

Die Bunker waren real, es gab hier noch Bunker. Langsam, ganz langsam wurde ihm klar: Das Wimmern war auch real. Er fuhr sich über die schweiß- und tränennassen Augen. Das Wimmern kam aus dem Bunker vor ihm. Es war real.

Nein, er konnte nicht mehr unterscheiden zwischen damals

und heute, zwischen ›real‹ und ›Traum‹. Er sollte gehen, er sollte wegrennen, weiter weg. Das Wimmern, es blieb, ein leiser, sterbender Ton. Es war real.

Er lief zum Bunker. Der Schweiß tropfte von seinen Augenbrauen und brannte in den Augen. Er versuchte, die Tür zu öffnen. Kein Schloss, aber die Tür war verklemmt. Das Wimmern. Er rüttelte an der Tür. Dieses Wimmern. Er wollte fortlaufen. Er trat gegen die Seitenwand und riss mit der ganzen Gewalt seines Körpers an der alten, eisernen Tür, bis sie sich öffnete. In der hintersten Ecke saß das Mädchen und wimmerte.

Das Mädchen! Was würde jetzt passieren, in diesem Traum? Würde es ein Maschinengewehr in die Hand nehmen und ihn abknallen?

Es kroch auf allen vieren zu ihm. Er hatte Angst, er hatte eine Scheißangst. Als es seine Beine umklammerte, konnte er es spüren. Es war real. Ein reales Mädchen. Es war ein Kind. Und hatte kein Maschinengewehr. Es war ein Kind, das seine Beine umklammerte. Und er hob es auf.

Es konnte sich kaum noch bewegen.

»Durst«, sagte es. Er konnte sehen, dass das Kind halb verdurstet war. Er kannte so etwas. Die aufgeplatzten Lippen. Es war real.

Und dann nahm er das Mädchen in seine Arme und rannte bis zum nächsten Haus, klingelte, bat um Wasser, ließ Polizei und Krankenwagen rufen.

Den Rest erlebte er nur noch wie durch Watte: verschwunden, seit drei Tagen, wohl beim Spielen selbst eingeschlossen in den Bunker. Vor Glück weinende Eltern. Ein Arzt, der ihm auf die Schulter klopfte. Letzte Minute wohl. Ein Polizist, der ihn nach Hause brachte. Wo er schlief, lang und tief und traumlos.

Da wusste er noch nicht, dass nun die Träume seltener kamen, sie waren nicht verschwunden, manche Schuld ist nicht abzutragen, sie kamen ab und an. Aber ab und an kam auch der Traum, in dem er wieder das kleine Mädchen rettete. Manchmal. Und in der Hoffnung darauf konnte er schlafen gehen. Er musste auch schlafen, denn das Mädchen besuchte ihn ja nun regelmäßig, da musste er wach sein am Tag. Und bald, bald, vielleicht, würde er auch die Frau aus der Bar wiedertreffen.

Das Ende des Traums

Ingeborg Struckmeyer

Es war nachts um drei, und er lief und lief. Erst durch dunkle Häuserschluchten, dann durch weniger besiedelte Gebiete, schließlich über Felder. Er kannte die Umgebung nicht mehr. Er lief und lief. Man hätte annehmen können, er liefe vor etwas davon. Man hätte annehmen können, es sei jemand hinter ihm her.

Dieser Traum begleitete ihn sein Leben lang, genau genommen, seit sich seine Schwester im Alter von elf Jahren aus dem Fenster gestürzt hatte. Aus dem siebten Stock eines Hochhauses, in dem er damals mit seiner Mutter und seiner Schwester wohnte. Er war vierzehn gewesen.

Als die Polizei kam, konnte er nichts zum Hergang der Ereignisse beitragen. Er war unterwegs gewesen, wie an fast jedem Nachmittag. Mit seinen Kumpels. Bei Wind und Wetter. Nicht gerade freiwillig. Seine Mutter schickte ihn weg, wenn die Männer kamen. Männer jeden Alters, jeder Hautfarbe.

Seine Kumpels lachten: »Deine Mutter ist eine Nutte. Die lässt es sich von jedem besorgen. Vielleicht sollten wir auch mal …«

Er lachte mit und glaubte auch, dass seine Mutter eine Nutte war.

»Mit euch Milchbubis kann sie nichts anfangen. Außerdem habt ihr doch keine Kohle dafür!«, gab er zur Antwort und verschloss die Scham ganz tief in sich.

Erst als am Abend die Polizei seine Mutter befragte, sie nach dem Grund befragte, weshalb Lilli sich aus dem Fenster gestürzt haben könnte, begriff er, dass sie nicht sich, sondern ihre Tochter verkauft hatte.

»Sie muss gesprungen sein, als es zum dritten Mal an diesem Nachmittag klingelte. Dabei war es doch nur der Paketbote.« Mutters Stimme klang eher trotzig als traurig.

»Sie hören von uns«, verabschiedete sich der Polizist. »Übrigens, mit der Beerdigung müssen Sie noch warten, bis alle Untersuchungen abgeschlossen sind.«

Kai stürmte ins Wohnzimmer, in dem seine Mutter auf dem Sofa saß und mit einer Flasche Bier den Verlust ihrer speziellen Einkünfte hinunterspülte. Er riss ihr die Flasche aus der Hand und stürzte mit verzweifelter Wut das Bier in sich hinein, goss die halb volle Flasche Wodka, die auf dem Tisch stand, hinterher. Besinnungslos fiel er in einen Sessel und konnte sich beim Aufwachen am nächsten Morgen an nichts erinnern. Nicht, ob er mit seiner Mutter gesprochen hatte, nicht, ob sonst irgendetwas passiert war.

»Du kommst in ein Heim, heute noch. Gleich holt dich jemand vom Jugendamt ab. Pack deine Sachen zusammen.« Hart und kalt die Stimme seiner Mutter.

»Warum?«

»Denk mal drüber nach. Zeit genug wirst du da ja wohl haben.« Sie lachte, ein hässliches Lachen. Mit einem Unterton von Angst.

Er ging in das Zimmer, das er mit Lilli zusammen bewohnt hatte und das durch einen Vorhang geteilt war. Ein Vorhang mit einem Kindermuster. Bunte Bälle, Luftballons, Schmetterlinge auf hellblauem Grund. Er schob den Stoff zur Seite. Lillis Bereich war penibel aufgeräumt, ihr Bett ordentlich gemacht. Fritzi, der kleine Plüschdackel, den Kai ihr einmal vom Jahrmarkt mitgebracht hatte, lag auf dem Kopfkissen. Ansonsten gab es kein Spielzeug. Nicht mehr.

Mit einem Ruck zog er den Vorhang wieder zu und sammelte seine Sachen ein. Das meiste lag auf dem Fußboden, ein paar Kleidungsstücke knubbelten im Schrank. Er warf alles in eine Sporttasche, lehnte sich an die Wand mit den Horrorfilm-Plakaten und wartete darauf, dass jemand vom Jugendamt ihn abholte.

Von seiner Mutter verabschiedete er sich ohne Umarmung. Sie schien seine Nähe nicht zu wollen, nickte ihm nur zu und widmete sich der vor ihr stehenden Flasche.

Im Heim hatte er tatsächlich viel Zeit zum Nachdenken. Man ließ ihn in Ruhe. Diese Ruhe aber wurde schon in der ersten Nacht unterbrochen, als er den Traum träumte, den er noch so viele Male träumen sollte. Der Traum machte ihm Angst, obwohl doch eigentlich nichts passierte, zumindest zunächst nicht.

Nach und nach änderte sich das Ende des Traums. Stand er anfangs wie vor einer Mauer, gegen die er abrupt prallte, so befand er sich später an einem Abgrund, in dessen Tiefe er Lilli mit zerschmetterten Gliedern sah. Unhörbar ihr Hilfeschrei. Am Morgen erinnerte er sich daran, dass sie, gerade acht geworden, eines Nachmittags gesagt hatte: »Kai, hilf mir!«

»Wobei?«, hatte er gefragt, »In der Schule? Beim Rechnen, beim Schreiben, bei Sachkunde?«

Lilli hatte ihn groß angesehen und den Kopf geschüttelt. Ein paar Monate später hatte sie ihn wieder um Hilfe gebeten. Er hatte nicht verstanden, was sie wollte. Schließlich war er damals erst elf, versuchte er sich vor sich selbst zu entschuldigen, was ihm aber kaum gelang. Er hätte besser auf sie achtgeben müssen. Er war ihr großer Bruder. Sie hatte ein Recht auf seine Hilfe gehabt. So hatte sie aufgegeben, den Kopf geschüttelt, die Tränen in ihren Augen weggeblinzelt. Und kurz darauf hatte sie nicht mehr gesprochen. Gar nicht mehr. Fast drei Jahre lang.

Im Heim erreichten ihn Nachrichten von zu Hause mit Verspätung. So verpasste er die Beerdigung seiner Schwester. Dass seine Mutter ein paar Monate ins Gefängnis musste, berührte ihn kaum. Gerade hatte es in seinem Traum Geldscheine auf Lilli herabgeregnet, die die Mutter mit einem Lachen auffing. Seiner Meinung nach brauchte seine Mutter überhaupt nicht mehr aus dem Gefängnis entlassen zu werden, nach dem, was sie Lilli angetan hatte.

Im Heim ging es ihm besser, als es ihm je zu Hause gegangen war. Er fand Spaß an der Schule, am Sport. Er fand neue Freunde, wirkliche Freunde – und er fand Hanna. Sie war dreizehn und Vollwaise. Durch einen Autounfall, bei dem ihre Eltern ums Leben gekommen waren und sie überlebt hatte. Sie fühlte sich schuldig, weil sie am Leben geblieben war, verkroch sich mit ihrer Schuld wie er früher mit seiner Scham.

Es gelang Kai, sie allmählich aus ihrer Trauer zu lösen. Die beiden kamen sich näher. Und aus ihrer Nähe wurde im Laufe der Jahre Liebe. Schon während des Studiums heirateten sie. Sie hatten wenig Geld, aber das störte sie nicht. Sie kamen zurecht, Hanna verstand es, sparsam zu wirtschaften. Als die beiden Kinder geboren waren, wurden die finanziellen Probleme nicht geringer, aber Kai und Hanna waren so glücklich, dass sie sich gefunden hatten, dass auch für Kinder noch Platz in ihrem Glück war. Das Mädchen nannten sie natürlich Lilli. Kai umgab es mit so viel Liebe und Fürsorge, als könnte er damit das Versagen bei seiner Schwester wiedergutmachen. Wenn er Lilli ansah, sah er seine Schwester vor sich. Manches Mal kam dann auch die Wut auf seine Mutter wieder hoch – und dann kamen auch die Träume.

Eines Nachts wachte er auf und erinnerte sich. Er hatte den Traum zu Ende geträumt. Er hatte das geträumt, was wirklich geschehen war in der Nacht nach Lillis Tod. In der Nacht, in der er sich sinnlos betrunken hatte. Er hatte seine Mutter gewürgt. Bei ihrer Gegenwehr war sie vom Sofa gefallen und deshalb hatte sie sich retten können.

Kai war erschüttert über sein Verhalten, den Angriff auf seine Mutter, aber in gewisser Weise war er auch erleichtert, weil er jetzt die Ursache seiner Träume kannte. Jetzt müssten diese Albträume doch ein Ende haben.

In der folgenden Nacht wurde er wach, mit Herzklopfen, in Schweiß gebadet. Der Traum dieser Nacht war anders gewesen. Hatte er sonst immer einen schwarz-weißen Stummfilm geträumt, so war es jetzt ein Traum in Technicolor, mit Ton. Er hörte seine Mutter stöhnen, gurgeln, spürte, wie ihre Finger sich in seine Schultern gruben. Dann war es plötzlich still.

Er fuhr hoch, griff neben sich, griff nach Hannas Hand. Sie lag schlaff und irgendwie verkrümmt auf der Bettdecke. Im dämmrigen Morgenlicht sah er ihr verzerrtes Gesicht, die Würgemale an ihrem Hals.

Sie war tot.

6

Sie parkte den Wagen, stieg aus, sah sich um und fühlte sich wie auf einem fremden Planeten.

Der letzte Stein

Ingeborg Struckmeyer

Sie parkte den Wagen, stieg aus, sah sich um und fühlte sich wie auf einem fremden Planeten. Dabei kannte sie diesen Ort doch recht gut, auch wenn es mindestens zwanzig Jahre her war, dass sie hier gewesen war. Das kleine Hochplateau oberhalb einer verlassenen Kiesgrube wirkte öde, karg. Angeblich erobert sich die Natur die von Menschen aufgegebenen Plätze wieder zurück. Hier tat sie sich offenbar schwer. Kaum ein Grashalm zwischen Kies und Steinen, von Büschen oder Bäumen ganz zu schweigen.

Damals hatte sie mit ihrer Schwester und den Nachbarskindern diese Stelle als Abenteuerspielplatz genutzt, sich an tropfende Kieslaster gehängt. Erst bei zunehmender Geschwindigkeit waren sie unter Johlen und Gekreische abgesprungen. Manchmal war von der Ladung ein Stein heruntergefallen. Einer hatte sie an der Schläfe getroffen. Jule fuhr mit den Fingern über die winzige Narbe.

Warum um alles in der Welt hatte ihre Schwester sich diesen unwirtlichen Flecken Erde als Treffpunkt ausgesucht! Sie, die doch gern mal einen Cappuccino trank oder einen Prosecco. Ein italienisches Café wäre wirklich ein angenehmerer Ort gewesen. Jule selbst hätte jetzt nichts gegen einen Espresso. Stattdessen steckte sie eine Zigarette in die silberne Spitze und zündete sie an. Sie machte ein paar tiefe Züge, blies den Rauch in die Luft und betrachtete den Himmel. Mondlos, wolkenverhangen. Bald würde es stockfinster sein. Schon jetzt konnte sie ihr Auto nur noch schemenhaft erkennen. Während sie überlegte, ob sie das Abblendlicht einschalten oder nach der Taschenlampe im Handschuhfach kramen sollte, sah und hörte sie, wie sich eine Wagenkolonne dem Hochplateau näherte. Acht Autos zählte sie erstaunt und wurde von den Scheinwerfern so geblendet, dass sie blinzeln musste.

Die Fahrer stellten die Wagen kreisförmig um sie herum, schalteten die Motoren ab. Ihr eigenes Auto schien außerhalb dieser seltsamen Wagenburg zu stehen, sehen konnte sie es jedenfalls nicht. Aus einem der Wagen stieg eine Person. Jule versuchte das Scheinwerferlicht auszublenden, indem sie die Hand über die Stirn hielt.

»Annegret!«, rief sie, »Annegret, bist du das?«

»Greta! Ich heiße Greta!«, kam es etwas spitz zurück.

Jule grinste. Seit irgendein Verflossener zu Annegret gesagt hatte, sie hätte die gleichen Augenbrauen wie Greta Garbo, wollte Annegret nur noch Greta genannt werden. Na, passte ja irgendwie. Allerdings erschöpfte sich damit die Ähnlichkeit mit der berühmten schwedischen Schauspielerin. Und Augenbrauen konnte man ja so ziemlich in jede beliebige Form zupfen.

»Also gut, Greta. Was soll das Ganze hier? Und dieser Autocorso? Wer ist das, und warum dieser Massenauflauf? Ich dachte, wir beide wollten uns treffen. Allein.«

Annegret-Greta zögerte einen Augenblick. »Von allein habe ich nichts gesagt. Das ist wohl deine Interpretation unseres Treffens.« Sie gab sich einen Ruck. »Das hier sind meine Mitstreiterinnen. Wir haben uns zu einer Selbsthilfegruppe zusammengetan.« Das kam jetzt sehr selbstbewusst. Und das Wort Selbsthilfegruppe war offenbar das Stichwort gewesen, denn jetzt stiegen auch die anderen Frauen aus ihren Autos.

»Selbsthilfegruppe?«, fragte Jule etwas verunsichert nach und setzte einigermaßen verstört hinzu: »Bist du – seid ihr – krank oder sonst was …?«

»Nicht krank, eher sonst was …« Annegret lachte spöttisch. »Wir sind eine Selbsthilfegruppe betrogener Ehefrauen.«

Jule fröstelte. Sie trat die Zigarette aus, zog ihre Jacke fester um die Schultern und schwieg erst einmal.

»Hast du dazu nichts zu sagen?«

Jules Mund war trocken.

»Ich wusste nicht, dass du …«

»Dass ich es weiß!« Annegret lachte auf. Böse. Bitter. »Du musst mich für sehr blöd halten. Seit Jahren benutzt du das gleiche Parfum, hast es sogar mal von mir als Geburtstagsgeschenk bekommen. Wenn Richard auf einmal danach riecht – und nicht nur, wenn er von dir die üblichen Bussis zur Begrüßung bekommen hat, macht man sich ein paar Gedanken.«

Jule nickte. Sie hätte ihr Parfum tatsächlich wechseln, andere Düfte ausprobieren sollen. Schließlich hatte sie genug Proben zu Hause. Aber Clarissa war nun einmal ihr Lieblingsduft. Und Richard mochte ihn auch.

»Dazu die obligatorischen Überstunden, Dienstreisen, auf denen ich Richard nicht erreichen konnte, der Kassenzettel eines Juweliergeschäftes. Wann trägst du den Armreifen eigentlich? Nur, wenn ihr im Bett seid?« Jetzt war in Annegrets Stimme ein unterdrücktes Schluchzen zu hören. Jule fuhr zaghaft über das Schmuckstück, das sie unter dem Pulli an ihrem linken Arm trug.

»Gut, Greta, oder vielleicht auch nicht gut, aber ist das nicht eine Sache zwischen uns beiden? Was soll dieses Autoaufgebot in dieser gottverlassenen Gegend?«

»Das wirst du gleich zu spüren bekommen!« Ein Kieselstein traf Jule an der Wade. Ein kurzer Schmerz, der rasch verging. Nicht mehr als ein Mückenstich.

»Meine gebildete Schwester kennt doch sicher die uralte Strafe für Ehebrecherinnen«, rief Annegret höhnisch und gleichzeitig hasserfüllt.

»Annegret, ich meine Greta, das ist nicht dein Ernst!« Ein weiterer Stein traf Jule am Oberschenkel, diesmal aus einer anderen Richtung, von einer anderen Frau geworfen. Und dann prasselten die Steine nur so auf Jule und trafen sie am ganzen Körper.

»Ihr wollt mich steinigen?! Ihr seid ja verrückt!«, schrie sie ungläubig und wütend. Gleichzeitig spürte sie Panik in sich aufsteigen.

»Rings um mich sind auch Steine.« Sie klaubte eine Handvoll Kiesel auf, warf sie in die Richtung, in der sie die Frauen vermutete, traf aber nur auf Metall. Alle benutzten die Autos als Schutzschild.

»Diese alten Rostlauben taugen nur noch für den Schrottplatz«, kam es höhnisch von irgendwoher.

Während die Steine Jule immer heftiger trafen und die gewünschte Wirkung erzielten, nahm Jule Anlauf und versuchte durch die anderen Wagen hindurch ihr Auto zu erreichen. Ein schwerer scharfkantiger Stein traf sie in der Nierengegend und zwang sie in die Knie. Sie schrie auf vor Schmerz.

»Ihr wollt mich doch nicht töten!«

Stille ringsum.

»Aber das ist Mord«, kreischte Jule, »dafür wird man zur Verantwortung gezogen.«

»Sicher«, meldete sich eine fremde Stimme dumpf hinter einem der Autos, »aber wer weiß schon, wer den letzten Stein geworfen hat! Das wird kein Gericht der Welt feststellen können.«

Jule schwieg einen Moment, sagte dann: »Aber ihr seid alle Täterinnen, nehmt meinen Tod billigend in Kauf. Wollt ihr das wirklich? – Greta, Annegret, du bist meine Schwester!«

Stille. Jule spürte förmlich das Achselzucken um sich herum.

»Aber das könnt ihr doch nicht machen!«, schrie Jule voller Verzweiflung, begreifend, dass die Frauen es ernst meinten, todernst. Dass die Konsequenzen ihnen gleichgültig waren.

»Halt doch endlich dein Schandmaul, du Schlampe!«, ertönte eine grobe Stimme. Ein Stein flog Jule ins Gesicht, verletzte sie am Mund. Sie fühlte mit der Zunge, dass ein Vorderzahn ausgeschlagen war, fühlte Blut und Splitter. Sie begann zu weinen. Ihre Zähne waren immer ihr ganzer Stolz gewesen. Blendend weiß und ebenmäßig. In Sekundenschnelle waren ihre Lippen angeschwollen.

Sie spürte keine einzelnen Schmerzen mehr, weil immer mehr Steine sie überall verletzten, sie an den Knöcheln und in der Kniekehle trafen. An Aufstehen und Flucht war nicht zu denken. Nach mehreren Treffern am Kopf merkte Jule, wie sich ihr Bewusstsein trübte. Sie schloss die Augen.

Plötzlich, schon an der Grenze ihrer Wahrnehmungsfähigkeit, hörte sie Motorengeräusche. Sie öffnete die Augen wieder und sah die Scheinwerfer eines offenbar großen Wagens. Richard, ja, vielleicht Richard, der sie retten konnte.

Der Wagen hielt. Jemand stieg aus.

»Darf sich ein betrogener Ehemann der Selbsthilfegruppe anschließen?«

Frido. Nicht Richard.

Jule ließ den Kopf sinken, schloss erneut die Augen und wartete auf den letzten Stein.

Wilde Füchse

Stefanie Gregg

Sie parkte den Wagen, stieg aus, sah sich um und fühlte sich wie auf einem fremden Planeten. Neben ihr sprach eine Mutter mit ihren Kindern in dieser wundervoll lautstarken Sprache mit ihren vielen melodiösen Vokalen. Ihre Worte unterstützte sie mit wedelnden Gesten ihrer Hände, dazu ein Augenaufschlag, ein Seufzen – ja, Elisabeth war wieder in Italien. So nah und doch so anders als das strenge Deutschland. Sie liebte es, die rassigen Italienerinnen zu beobachten, die ganz Mama, ganz Frau sein konnten; die italienischen Männer, die sehr charmant, sehr männlich und nur manchmal etwas machohaft waren. Sie liebte die Atmosphäre, das wärmere Klima, das Essen und ihr herrliches kleines Landhaus an der Landzunge gegenüber von Venedig. Warum nur war sie so lange schon nicht mehr hierher gekommen? Fast sieben Jahre nicht mehr. Hartmut wollte es nicht. Er hatte so viel zu tun. Und er mochte Italien nie so sehr wie sie. Er hatte das kleine Landhaus gekauft, vor fünfzehn Jahren, als sie noch recht frisch verheiratet waren.

In den ersten Jahren waren sie zwei- oder dreimal gekommen, später nur noch einmal im Frühling, und dann hatte er keine Zeit mehr dazu gefunden. Seinen Jahresurlaub wollte er lieber im fernen Ausland verbringen.

Vor ein paar Jahren hatte er sie sogar gefragt, ob sie das kleine Häuschen nicht hergeben sollten, mittlerweile könnte es als Wertanlage durchgehen, er könnte es gut verkaufen. Damals hatten sie einen Spottpreis dafür bezahlt. Erst als sie zwei Wochen nicht mehr mit ihm geredet hatte, ließ er den Gedanken wieder fallen.

Jetzt würde sie erst einmal einkaufen: rote Tomaten, diese wunderbaren harten, italienischen Gurken, Oliven, Weißbrot, Pasta und natürlich einen Rotwein, und dann zurück zu Hartmut gehen. Endlich, sie war wieder da.

***

Hartmut lief durch das kleine Häuschen und besah sich zufrieden die Zimmer, die er schon lange nicht mehr betreten hatte. Rosalia hatte alles in bester Ordnung gehalten und für ihre Ankunft vorbereitet. Jede Ecke war geputzt, die Küche blitzte, selbst das Geschirr schien frisch gewaschen. Die Betten waren gemacht und es duftete nach Lavendel. Rosalia musste sich viel Mühe gegeben haben, um das so lange unbewohnte Häuschen so herzurichten. Nun ja, er zahlte ja auch seinen jährlichen Beitrag dafür, selbst in den Jahren, wo sie nicht hierher gekommen waren. Wie war seine Elisabeth glücklich gewesen, als er ihr den Vorschlag gemacht hatte, wieder einmal herzufahren. Wie hatten ihre Augen geleuchtet. Und er hatte sie an sich gezogen, geküsst und in ihre blauen Augen gesehen und sich selbst gefragt, warum er dies alles aufs Spiel gesetzt hatte. Hauchdünn hatte er vor der Katastrophe gestanden. Natürlich war Marie einfach ein heißer Feger gewesen. Das war ihm schon bei der Einstellung klar. Obwohl er glaubte, alle üblichen Einstellungsfragen gestellt zu haben, konnte er sich nicht mehr sicher an ihre Antworten erinnern. Er stand auf große Oberweite. Elisabeth hatte auch etwas zu bieten gehabt, aber

Maries Angebote waren doppelt so groß und zwanzig Jahre jung. Eine Offerte, die er nicht ausschlagen wollte, wo man sie ihm so freizügig anbot. Seine Überstunden wurden mehr und mehr. Die Geschäftsreisen weiteten sich aus. Niemals hatte er vorgehabt, sich wirklich auf Marie einzulassen, er war ein alternder Mann, sie seine junge Sekretärin, das war doch klar, vorhersehbar, aber Marie wollte immer mehr, und sie gab einiges dafür. Ja, es hatte sich über fast zwei Jahre hingezogen. Niemals hatte er dabei auch nur eine Sekunde lang seine Ehe mit Elisabeth infrage gestellt. Sie war sein goldener Engel, die Frau seines Lebens, die immer da war, für ihn da war, die ihr eigenes Leben zurückstellte, um ihm den Rücken zu stärken. Und sie war eine kluge Frau! Er konnte mit ihr seine geschäftlichen Probleme besprechen. Sie arbeitete selbstständig, nur einige Stunden am Tag, hatte ihre eigene Werbeagentur, die sie aber doch nur nebenbei betrieb, um ganz für ihn da sein zu können. Und sie war eine Frau, die zupacken konnte, was er sehr schätzte an ihr. Sie fing sogar die Ratten in der Garage und brachte sie mit Fallen weit hinaus aufs Feld. Sie konnte einfach alles, Elisabeth war seine Traumfrau. Marie war seine Affäre. Doch, er hatte ein schlechtes Gewissen, wenn er heimlich seine SMS auf dem Handy kontrollierte, wenn er sich hinausschlich, um schnell mit Marie zu telefonieren – und was Marie ihm da alles durchs Telefon zuflüsterte. Marie war ein heißes Teil! Seine Elisabeth war anders.

Hartmut hatte die beiden Zimmer im Obergeschoss, das Schlafzimmer und das Lesezimmer, wie sie es nannten, abgelaufen und stand nun wieder in der kleinen Wohnküche. Ein Bruchteil ihres Wohnzimmers zu Hause, aber wirklich, es war wunderhübsch hier, mit dem etwas altmodischen geblümten

Sofa und dem dunklen Eichentisch. Einfach zauberhaft. Elisabeth hatte eben einen guten Geschmack. Mit Blick in den kleinen, gepflegten Garten setzte er sich in den großen Sessel. Die Bougainvillea blühte verschwenderisch, und direkt hinter dem Garten ging es zur einen Seite in Obstfelder, zur anderen Seite in Weinplantagen, und dahinter zog sich ein kleiner Waldstreifen. Es war einfach ein Traum. Und ab heute würde alles wieder anders werden. Er war so erleichtert, dass er es endlich geschafft hatte, das Kapitel Marie zu beenden. Zum Schluss war es ihm nur noch eine Last. Natürlich war Sex großartig mit ihr, aber die drängende Schuld lastete jedes Mal stärker auf ihm. Die Klarheit, dass er einzig und alleine zu Elisabeth gehörte, wurde immer übermächtiger. Es gab nur eine Frau für ihn: Elisabeth. Marie war eine Spielgefährtin, sonst nichts.

Marie hatte das auch bemerkt. Und sie wurde drängender. Als sie vor seiner Tür stand, mit einer Akte in der Hand, wurde er fast panisch. Sie kam auf ihren High Heels in den Flur gestöckelt und rief ihm entgegen: »Herr Bromski, ich wollte Ihnen noch die Akte nachbringen, die brauchen Sie für Ihren Termin morgen in Berlin. Sie haben sie im Büro vergessen.« Natürlich hatte er nichts vergessen gehabt. Er winkte ab: »Marie, meine Frau ist gerade nicht da, aber sie kommt jede Minute zurück.«

»Oh, das trifft sich aber gut!«, flüsterte sie, »uns reichen wenige Minuten.« Sie öffnete ihren Mantel und trug nur Unterwäsche, die nichts verhüllte und nur betonte. In dem Moment war er einfach nur Mann. Er nahm sie, im Flur. Als er das Auto kommen und das Garagentor sich öffnen hörte, warf er ihr den Mantel um die Schultern und schob sie zur Terrassentür hinaus. Das war knapp gewesen. Er fuhr sich durch die zerwühlten Haare und öffnete Elisabeth die Tür. Ganz kurz blickte sie sich um, aber sie schien nichts zu bemerken. Marie war fort, hinaus über den Garten.

Das war so knapp, dass er am nächsten Tag den Schlussstrich gezogen hatte. Inklusive einer gewaltigen Gehaltserhöhung und ihrer Versetzung als Marketingleiterin in die entsprechende Abteilung, was nicht ohne einen kleinen Aufstand unter den Mitarbeitern vor sich ging – aber hoffentlich Marie ruhigstellte. Denn er wollte nie wieder die Gefahr eingehen, dass Elisabeth etwas mitbekam, das war ihm an diesem Tag ganz klar geworden.

»Ich bin da«, rief sie beim Hereinkommen, und aus ihrem Einkaufskorb ragten Basilikum und rote Paprika. Wie er sie liebte! Was er riskiert hatte! Wie blöd er gewesen war! Er nahm ihr Korb und Taschen ab, packte sie an den Hüften und wirbelte sie einmal herum.

»Ich liebe dich, Elisabeth«, sagte er, bevor er sie leidenschaftlich küsste.

»Oh, das hast du schon lange nicht mehr gesagt!«, murmelte sie erstaunt.

»Na, dann werde ich es jetzt um so öfter sagen!«, erklärte er strahlend, »wie gut, dass wir endlich mal wieder hier in Italien sind, meine Bella!«

***

Am Abend saßen sie im Garten, aßen die frische Pasta, einfach mit Olivenöl und Knoblauch, und sahen der untergehenden

Sonne zu. Er fasste ihre Hand und flüsterte noch einmal: »Ich liebe dich, Elisabeth.«

»Pscht«, murmelte sie und deutete auf ein Gebüsch, in dem es raschelte. Gleichzeitig sahen sie beide die blinkenden Augen. Nicht ein Paar, mehrere. Und dann stolzierte eine Fuchsmutter mit mehreren Jungen direkt auf ihre Terrasse zu. Hartmut sprang auf und klatschte in die Hände, was die Füchsin zuerst gar nicht abhielt. Erst als er mit bedrohlichen Schritten auf sie zutrampelte, machte sie kehrt und verschwand mit ihren Jungen wieder im Busch.

»Oh, da hat sich also nichts verändert«, er schüttelte ärgerlich mit dem Kopf, »immer noch Füchse – und wenn sie zutraulich sind, haben sie mit Sicherheit hier in der Gegend Tollwut. Da müssen wir aufpassen! Komm dem Busch bloß nicht zu nahe!« Elisabeth nickte.

Diese Nacht liebten sie sich. Zuerst war sie zögerlich, doch dann spürte er, wie sie sich ihm hingab. Ganz anders als Marie. Seine Elisabeth kannte er seit zwanzig Jahren; es war vielleicht nicht ganz so aufregend wie mit Marie, aber liebevoll und innig. Er war endlich nach Hause zurückgekehrt.

Als er nachts aufwachte und neben sich griff, war sie nicht da. Verwundert setzte er sich auf. In dem Moment kam sie in ihrem weißen Nachthemd herein. »Oh, du bist wach. Ich habe nur noch mal hinaus in die Nacht gesehen. Es ist so schön hier!«

Er nickte und wärmte ihre nachtkalten Glieder, als sie wieder zu ihm ins Bett schlüpfte.

***

Am nächsten Tag nahmen sie die Fähre nach Venedig – der Stadt der Liebe. Und während so viele Touristen die Stadt stürmten, kannten sie die kleinen, hinteren Straßen, in die sich kaum ein Tourist verirrte, in denen man immer noch fast nur den eigentlichen Einwohnern der Stadt begegnete, die hier ein Leben führten, als ob sie die Touristenmassen am Markusplatz vergessen konnten. Hand in Hand schlenderten sie entlang der malerischen Häuserfassaden, liefen über Brücken, sahen ab und an einen Gondoliere und warfen einen Blick auf die oben zwischen den Fenstern hängende Wäsche. Am liebsten aber besah sich Hartmut seine Elisabeth, denn er wusste, wie sehr sie diese Atmosphäre hier liebte und genoss. Sie aßen in ihrem kleinen, bevorzugten Restaurant und kauften, bevor sie zurückfuhren, noch frische Pasta und Biscotti sowie einen Hirschbraten ein.

Als sie mit der Fähre zurückfuhren, standen sie an Deck und ließen die alten Paläste an sich vorbeiziehen. Er nahm sich vor, auch beruflich kürzerzutreten. Er wollte wieder mehrmals im Jahr mit ihr hierher fahren. Abends früher nach Hause kommen und die Wochenenden arbeitsfrei werden lassen. Ja, das wollte er.

Elisabeth zauberte ein wundervolles Abendessen aus den gekauften Lebensmitteln. Der Duft nach Wild hing in der Luft. Sie hatte das Fleisch mit Lorbeer und anderen frischen Kräutern gewürzt, daneben lagen appetitliche grüne Bandnudeln und über alles war eine wundervolle Sauce gegossen. Er aß mit Genuss, und obwohl er eigentlich auf seine etwas ausufernde Linie achten wollte, verschob er die Diät auf den nächsten Tag. Es war einfach zu köstlich.

***

Zwei wundervolle Wochen verbrachten sie in ihrem Häuschen. Dass ihm an einem Abend unwohl war, schob er auf das Zuviel an Essen und legte sich frühzeitig schlafen. Mit den ersten Bauchkrämpfen wollte er sie nicht belästigen, da sie offenbar noch unten war und ein Buch las. Als sie hochkam, ging es ihm richtig schlecht. Fürsorglich fühlte sie seine Stirn und erklärte ihm, dass er Fieber habe. »Vielleicht eine Grippe?«, meinte sie.

»Eher eine Magen-Darm-Grippe. Ich habe solche Bauchschmerzen«, erklärte er.

Sie kochte ihm einen Kamillentee, den er kaum noch zu sich nehmen konnte, und machte ihm Wadenwickel. Sie hielt ihm die Schüssel, als er brechen musste.

»Mir geht es sehr schlecht. Ich muss würgen, als ob ich Krämpfe im Hals hätte. Vielleicht sollten wir einen Arzt rufen?«

»Ach, mein Schatz, du hast dir wohl den Magen verdorben. Das wird schon wieder. Durch die Nacht müssen wir jetzt halt durch.«

Dankbar sah er sie an, sie kümmerte sich wirklich um ihn wie um ein kleines Kind. Es wurde schlimmer, irgendwann fiel er in eine Art Delirium. Er hörte sich selbst um Hilfe rufen, nach einem Arzt schreien, vielleicht nur ein Traum. Elisabeth war da, immer, wie ein Engel saß sie an seinem Bett und wachte über ihn. Aber es ging ihm schlechter. Wie viel Zeit war vergangen? Stunden? Tage? Er schlief. Sie brachte ihm Wasser und bereits der Anblick ließ ihn erbrechen. Er sah seine geliebte Elisabeth und sie erschien ihm durchdringend weiß, wie schön! Nein, das waren gar nicht ihre Hände, sie hatte Handschuhe an, weiße Handschuhe. Warum trug sie denn Handschuhe, wenn sie ihm die Stirn befühlte? Sie tupfte ihm mit einem Tuch etwas vom Mund: Es war Speichel, wie Schaum.

Er sah sie an. Sie war nicht traurig. Sie war entschieden. Und da wurde es ihm klar. Sie hatte alles gewusst, all die Monate lang, jedes Mal, wenn er zu spät nach Hause kam, jede Geschäftsreise, natürlich, sie hatte Maries schwülstiges Parfum im Flur riechen können, natürlich, sie war ja nicht dumm. Und sie hatte sie sich jetzt entschieden. Wenn er hätte schreien können, keiner hätte ihn gehört. Aber das konnte er nicht mehr. Sein Magen krampfte, seine Speiseröhre krampfte, er starb. Sie hatte auch die Ratten gefangen, in der Garage, sie konnte auch ein Füchslein fangen. Hirschbraten, Wildgeschmack, Fuchsbraten.

Ein kurzer, klarer Moment, Schaum vor dem Mund – Tollwut.

Sie lächelte ihn an.

7

Es war Abend. Schlafenszeit, die beste Zeit des Tages. Es war ein schöner Tag gewesen. Ihre Tochter hatte sie besucht mit dem kleinen Enkel. Sie waren auf den Schlittenhügel gegangen und der Kleine hatte geschrien vor Spaß. Sie hatte sein Jauchzen noch im Ohr.

Olivenhain

Stefanie Gregg

Es war Abend. Schlafenszeit, die beste Zeit des Tages. Es war ein schöner Tag gewesen. Ihre Tochter hatte sie besucht mit dem kleinen Enkel. Sie waren auf den Schlittenhügel gegangen und der Kleine hatte geschrien vor Spaß. Sie hatte sein Jauchzen noch im Ohr.

Aber jetzt war Schlafenszeit. Und nun schon seit Monaten kam fast jede Nacht dieser Traum, dieser wunderschöne Traum, der sie glücklich machte. Nur ganz selten hatte sie eine Nacht ohne diesen Traum gehabt. Dann war sie aufgewacht und traurig gewesen und hatte den ganzen Tag nur darauf gewartet, wieder schlafen gehen zu können.

Insgeheim gestand Ariane sich zu, dass ihr Unterbewusstsein ihr vielleicht nur half, über die Traurigkeit hinwegzukommen. Seit Horst gestorben war, war es so verflixt leer hier im Haus. Sie ging zu ihren Freundinnen, spielte einmal in der Woche Tennis, ging einkaufen, sang im Chor, aber dazwischen war doch viel Zeit, viel leere Zeit. Sie war gerade neunundfünfzig geworden. Da lag doch das halbe Leben noch vor ihr. Wie sollte sie das nur ausfüllen? Und dann kam der Traum. Immer wieder der gleiche, fast fotografisch genau. Und diese Farben! Zuerst sah sie nur den Abendhimmel, und sie wusste genau, einen solchen Abendhimmel gab es nur in der Toskana. Diese dunkle Mischung aus Rot- und Brauntönen, die den sandigen Boden widerspiegelte. Die heiße Sonne, die immer noch strahlte, aber sich sehnte, nun endlich unterzugehen und dem vertrockneten Land ein paar Stunden der Abkühlung zu verschaffen. Fäden verschiedenster Farben durchzogen den Himmel: helle, zuckerweiße Wattebäusche, dunkelblaue Schlieren, schwarze Striche. Schon wenn sie diesen Himmel sah, ging ihr Herz auf und sie war glücklich, einfach so, mehr brauchte sie nicht, um glücklich zu sein. Und in dieses Glücksgefühl hinein wanderte ihr Blick nach unten.

Als ob es nicht eigentlich schon genug des Glücks war, lag da ein Olivenhain, wie sie ihn doch so liebte. Gerade in mehreren Reihen angepflanzt, standen diese wunderschönen, knotigen, knorrigen, so ganz eigenen Bäume mit ihren kleinen Blättern, die sich schmal machten, um den Früchten zwar Schatten zu bieten, aber nicht allzu viel Kraft fortzunehmen, damit sie dunkelviolett oder dunkelgrün heranreifen konnten in all ihrer Köstlichkeit.

Dann lief sie jede Nacht aufs Neue diesen Olivenhain entlang. Sie roch die nachlassende Wärme, hörte die Grillen aus ihrem Tagesschlaf aufwachen und zirpen, dass es wie ein Symphonieorchester klang. So lief sie, bis sie ihn sehen konnte. Denn er saß immer da. Auf einer Holzbank, am Ende des Olivenhains. Ein Mann, nicht klein, nicht groß, nicht dick, nicht dünn. Auf seinem Kopf hatte er einen Strohhut, und dann nickte er ihr schon von Weitem zu. Und sie lächelte. Aber noch immer war es so heiß, dass die Luft flirrte, und so konnte sie ihn nicht richtig erkennen, obwohl sie wusste, dass sie ihn kannte. Sie hob ihre Hand zu einem Winken, das sagte: »Ich komme, ich komme schon.«

Und dann wachte sie auf, jedes Mal. Und war erfüllt vom Glück von diesem Traum. Aber in den letzten Wochen hatte sie sich bemüht, in ihren Träumen näher zu ihm zu laufen. Manchmal war es ihr gelungen, zwei, drei Schritte näher zu kommen, doch gerade bevor sie ihn erkennen konnte, verschwand er, und der Morgen graute in Deutschland.

Heute hatte sie es ihrer Tochter erzählt. Die hatte zwar genickt, aber ihre Augen sagten: »Komplett verrückt, Mama will alleine nach Italien, komplett verrückt.«

Sie war nie alleine verreist. Horst hatte sie mit siebzehn kennengelernt, mit dreiundzwanzig geheiratet, mit vierundzwanzig war ihre Tochter gekommen und mit fünfundzwanzig der Sohn. Sie hatten Familienurlaube gemacht und Horst hatte immer alles organisiert. Aber sie konnte das auch, es war doch keine Kunst. Vielleicht war sie nicht ganz so selbstständig wie ihre Tochter heutzutage, aber, sehr wohl, sie konnte auch alleine verreisen.

Sie hatte im Reisebüro um die Ecke gebucht, dort, wo sie früher mit Horst auch die Reisen geplant hatte. Ein kleines Hotel in einem alten, steinernen Gutshaus, etwas abseits von Florenz – an einem Olivenhain gelegen. Die freundliche Angestellte hatte sich richtiggehend fürsorglich um sie gekümmert: einen Transfer vom Flughafen zum Hotel, drei geführte Ausflüge nach Florenz, Siena und Pisa. Vollpension, mit Ausnahme der Ausflugstage. Alles war vorbereitet und gebucht.

Und morgen würde es losgehen. Aber jetzt schlief sie noch einmal. Wie sie sich darauf freute! Ob sie ihm heute vielleicht noch einen Schritt näher kommen würde?

*

Sie war ihm nicht nähergekommen. Sie war an der genau gleichen Stelle wie immer stehen geblieben. Gerade, als sie sein Gesicht hätte erkennen können, verblasste das Bild und sie war aufgewacht. Und selbst wenn sie, wie so oft, die Augen einfach geschlossen hielt, um den Traum wieder herbeizuzwingen – er war fort, es war Morgen. Es half alles nichts, da konnte sie auch die Augen öffnen.

Aber es war ein guter Morgen. Sie würde heute in die Toskana fliegen. Wie sie es sich bereits vor Tagen überlegt hatte, zog sie den schwingenden, gelben Rock und die weiße Bluse an. Damit sah sie wirklich gut aus. Wie eine Frau, die in den Urlaub fährt. Die Nylonstrumpfhose könnte sie noch im Flugzeug ausziehen und die Jacke auf den Arm nehmen, und dann war sie perfekt vorbereitet für den milden Spätherbst Italiens.

Auch den kleinen, schwarzen Koffer hatte sie sorgfältig gepackt. Er hatte Rollen, so etwas gab es früher nicht. Den hatten ihre Kinder ihr schon vor ein paar Jahren geschenkt, damit sie mit diesem Rollkoffer per Bahn zu ihnen fahren konnte.

In dem Koffer war nun jedes Stück wohl ausgewählt. Ende Oktober lagen die Temperaturen in Florenz tagsüber um zwanzig Grad. Sie hatte also einen Rock dabei, zwei lange Hosen, T-Shirts, zwei Kleider. Dazu aber auch etwas Warmes, denn nachts konnten die Temperaturen doch deutlich kühler werden. Und sie hatte das schwarze Cocktailkleid eingepackt. Das war natürlich verrückt.

Was sollte sie mit dem eleganten Cocktailkleid? Aber sie hatte es vor einer Woche im Schaufenster gesehen. Es fiel in sanften Schwüngen um den Körper. Sie hatte es angezogen und sich fast jung darin gefühlt. Nur zwei goldene Spangen hielten die geschlungenen Stoffe auf den Schultern. Und dann hatte sie es gekauft und eingepackt. Wer weiß, wofür. Vielleicht ging sie ja mal zumindest schön essen in einem schicken Restaurant in Florenz. Mal sehen.

Und wenn nicht, dann zog sie es einfach in ihrem hübschen Zimmer an.

Vorsichtig schloss sie den Koffer. Ein Blick auf ihre zitternden Finger ließ sie eingestehen, dass sie aufgeregt war, furchtbar aufgeregt.

*

Seit drei Stunden saß sie nun bereits in der Wartehalle am Gate. Alles, alles hatte geklappt. Die Fahrt mit dem Taxi, das ›Einchecken‹, das Auffinden des Gates, aber nun saß sie hier und das Flugzeug hatte Verspätung. »Technische Probleme.« Sie war nie gerne geflogen. Erst recht nicht mit einem Flugzeug, das ›technische Probleme‹ hatte. Ihr war abwechselnd kalt und heiß.

Ihr gegenüber begann das kleine Kind der Familie immer lauter zu nörgeln und zu quengeln. Als sie ihm ein Lächeln hinübersandte, stockte der Kleine kurz, um dann in ein ohrenbetäubendes Schreien zu wechseln. Oje, das war wohl der falsche Blick gewesen.

»Ich hätte nicht so laut geschrien, wenn Sie mich angelächelt hätten.«

Ariane wandte sich um und bemerkte erst jetzt einen älteren Herrn neben ihr sitzen. Sie zuckte entschuldigend mit den Schultern.

»Das dauert wohl noch länger. Ich hole mir jetzt einen Tee dort drüben. Darf ich Ihnen vielleicht einen mitbringen?«

Das war ja eigentlich nett gemeint. Aber sie hatte überhaupt keine Lust, mit irgendeinem Menschen Konversation betreiben zu müssen. »Ich trinke keinen Tee.«

»Na, dann Kaffee vielleicht?«

Sie gab sich geschlagen, ein Kaffee wäre gut. Vor lauter Aufregung hatte sie sich heute früh keinen mehr gemacht. Also gut.

»Ja, gerne.«

Das Kind schrie immer noch. Ohrenbetäubend laut. Am Einlass-Schalter war weiterhin niemand. Sie mochte Kinder wirklich, aber wenn dieses Balg so weiterschrie, musste sie woanders hin. Zum Schreien kam noch das erst versuchsweise beruhigende, dann immer wütender zischelnde und nun schließlich in staccatoartiges Geschrei ausartende Schimpfen der Eltern. Es war nicht zum Aushalten. Sie würde woanders hingehen. Sie stand auf und stieß mit dem Mann zusammen, der ihr wohl soeben die Kaffeetasse hingestreckt hatte. Das fast kochend heiße, schwarze Gebräu lief auf ihren Rock. Es war heiß wie Feuer, sie schrie auf.

»Oh Gott, oh nein!«, rief der Mann und hob ihren Rock an in dem verzweifelten Bemühen, die heiße Flüssigkeit von ihren Beinen entfernt zu halten. Einen kurzen Moment sah sie sich wie von außen. Sie stand hier mitten in der Wartehalle, alle Augen, die sonst nichts zu tun hatten, waren auf sie gerichtet, und ein fremder Mann hob gerade ihren Rock bis fast zu ihrem Po hoch. Sie stieß ihn mit einem Ruck weg. »Lassen Sie das!«

Sie riss ihre Handtasche an sich und lief auf die Toilette. Zuerst kühlte sie die Haut mit Wasser. An einer Stelle war sie richtig rot, eine Verbrennung, so etwas Ärgerliches. Und den Kaffee aus ihrem gelben Rock herauszubekommen, war gänzlich unmöglich, da konnte sie reiben und rubbeln, wie sie wollte.

Nun klopfte es an der Toilettentür. Wer klopfte denn an einer öffentlichen Toilette? Egal, sie musste diesen Fleck hier herauskriegen. Nun hörte sie auch noch ›Hallo‹, ›Hallo‹. Egal, sie wickelte ihren Rock ganz hoch bis zu den Hüften, sodass sie im Unterhöschen stand, aber nun konnte sie den einen Rockzipfel direkt im Waschbecken sauber waschen. In diesem Moment ging die Toilettentür auf und – tatsächlich, der Kopf dieses Mannes schob sich durch die Tür. »Raus!«, brüllte sie. So laut hatte sie schon lange nicht mehr geschrien. Das war die Höhe, so ein unverschämter Kerl!

Nach fünf Minuten hatte sie den Rock nun auch noch unter dem Föhn trocken geblasen. Gut sah das alles trotzdem nicht aus. So musste also ihr Urlaub anfangen!

Sie war richtig wütend, als sie die Toilette verließ. Und da stand der Mann doch tatsächlich immer noch davor. Der Volltrottel. Nein, sie sagte es nicht, aber sie dachte es. Sie rauschte an ihm vorbei. Und er wagte es doch tatsächlich, sie am Ärmel zurückzuziehen.

»Unterstehen Sie sich, mich noch einmal anzufassen!«

»Jetzt schreien Sie mal nicht so.«

Ja, sie schrie, schon wieder, und das nun wirklich aus gutem Grund. Wenn der sich nicht bald in Luft auflösen würde, dann würde sie eine der Bodenstewardessen um Hilfe rufen. Das war Belästigung.

»Unser Flieger ist weg.« Sie starrte ihn entsetzt an.

»Ich wollte Sie aus der Toilette herausholen, aber Sie haben es ja nicht zugelassen. Es gab drei Aufrufe. Nun ist er fort.«

Sie ließ ihre Handtasche fallen und sackte auf dem nächsten Stuhl zusammen. Der Flieger fort, alles kaputt, aus der Traum. Das war der einzige Flug gewesen, der letzte freie, das hatten die im Reisebüro gesagt. Kein Olivenhain, kein Cocktailkleid, kein Mann auf der Holzbank. Das war eben alles auch Unsinn gewesen. Ein Traum, nur ein Traum. Noch mal buchen, das würde sie nicht schaffen. Vielleicht war das Schicksal. Man konnte eben nicht einfach der Wahrheit entfliehen. Sie sollte zu Hause bleiben, Tennis spielen, einmal in der Woche im Chor singen, mit den Enkelkindern spielen. Sie saß da und war wie erstarrt. Vor ihrem inneren Auge entfernte sich der Olivenhain. Alles schnürte sich in ihr zusammen, denn sie wusste, sie würde den Traum nie mehr träumen können. Es war vorbei, aus, fort.

Sie hatte nicht gesehen, dass der Mann sich neben ihr auch auf einen Stuhl gesetzt hatte. Aber sie hörte an einem lauten Stoßseufzer, dass er weinte. Als sie sich erstaunt nach ihm umsah, bemerkte sie, dass ihm die Tränen einfach so über die Wangen liefen.

»Jetzt stellen Sie sich mal nicht so an. Wegen Ihnen ist das alles hier passiert!«

»Ja«, sagte er. »Ja, aber deswegen bin ich ja hiergeblieben und wollte Sie noch ins Flugzeug holen. Und nun ist es auch für mich zu spät. Und für mich ist das schlimmer als für Sie. Ich fahre nämlich nicht einfach mal nur in den Urlaub.«

Sie schnaubte laut auf, aber er hörte gar nicht hin und redete unter Tränen weiter:

»Wissen Sie, seit Monaten träume ich einen Traum. Jede Nacht. Ich sitze auf einer Bank in einem Olivenhain und in der Entfernung winkt mir eine Frau zu. Sie ist die Frau meines Lebens. Und ich wollte sie jetzt suchen gehen. All mein Geld habe ich für diese Reise ausgegeben.«

Ariane sah den Mann zum ersten Mal richtig an. Ungefähr ihr Alter, ein attraktiver Mann – und er hatte einen Strohhut auf. Und wenn sie es sich genau überlegte, saß er gerade auf einer Bank – und wartete auf sie.

Sie hob die Hand, wie zu einem Winken.

Viel zu viel Schnee

Ingeborg Struckmeyer

Es war Abend, Schlafenszeit, die beste Zeit des Tages. Es war ein schöner Tag gewesen. Ihre Tochter hatte sie besucht mit dem kleinen Enkel.

Sie waren auf den Schlittenhügel gegangen und der Kleine hatte geschrien vor Spaß. Sie hatte sein Jauchzen noch in den Ohren.

»Kannst du Julian nicht bis Heiligabend hierlassen? Es sind doch nur noch zwei Tage. Dann könnte Konrad uns am Nachmittag zur Bescherung abholen«, fragte Henriette Brandes ihre Tochter. Marie sah etwas unschlüssig aus dem Fenster.

»Es schneit schon den ganzen Tag. Wer weiß, ob wir dann mit dem Auto überhaupt durchkommen. Andererseits sollst du ja ohnehin am Heiligen Abend bei uns sein. Wir müssen uns auf jeden Fall durchkämpfen.«

»Ach, mach dir keine Gedanken. Der Schneeräumdienst ist ausgesprochen zuverlässig. Heute war er schon zwei Mal in unserer Straße.«

»Na gut!«, stimmte ihre Tochter zu. Julian jubelte laut, seine Oma etwas leiser, aber ebenso begeistert. Sie freute sich, noch zwei weitere Tage mit ihrem Enkel im Schnee verbringen zu können. Schlitten fahren, Schneemann oder eine ganze Schneefamilie bauen. So viel Schnee hatten sie schließlich lange nicht mehr gehabt. Das mussten sie nach Herzenslust genießen.

»Ruf mich an, wenn du zu Hause angekommen bist«, rief sie ihrer Tochter hinterher, war dann aber ganz beruhigt, als sie sah, wie der schwere Jeep sich sicher seinen Weg über die festgefahrene Schneedecke bahnte.

»Oma, weißt du, was ich gern machen würde?«, meinte Julian, als sie beim Abendessen saßen.

»Nein, aber du wirst es mir gleich sagen.« Henriette lächelte und betrachtete das unternehmungslustige Funkeln in den Augen des Fünfjährigen.

»Ich würde gern mit dem Schlitten den Hügel hinunter und dann direkt auf den zugefrorenen Teich rutschen.«

»Aber dafür ist das Eis noch nicht dick genug«, mahnte Henriette. »Es ist ja weiterhin Kälte angesagt. Wenn der Teich dann richtig fest zugefroren ist, kannst du das machen. Aber das dauert noch ein paar Tage. Das macht sicher großen Spaß!«

Julian nickte, wischte sich eine blonde Locke aus der Stirn und trank einen großen Schluck Kakao. »Meinst du, es würde nicht doch schon gehen? Schließlich bin ich nicht so schwer wie …«

»Wie ich, meinst du?« Henriette schmunzelte und fuhr mit den Händen über ihre Rundungen. In diesem Augenblick klingelte das Telefon.

»Das wird Mama sein.« Henriette stand auf und ging zum Apparat ins Nebenzimmer. »Es dauert nicht lange, Julian. Schließlich haben Mama und ich uns eben erst voneinander verabschiedet.«

Es dauerte doch etwas länger. Marie berichtete, dass die Autofahrt recht ungemütlich gewesen sei, ihr aber der Schneeräumer entgegengekommen sei. Der sei also wirklich sehr verlässlich. Außerdem gab es noch einige Fragen im Hinblick auf Weihnachten und das Essen an den Feiertagen zu klären.

Als Henriette ins Esszimmer zurückkam, saß Julian nicht

mehr am Tisch. Ob er schon nach oben gegangen war, um sich bettfertig zu machen? Allerdings lag noch eines seiner Brote angebissen auf dem Teller, und sein Nachtisch stand unberührt da.

Sie rief im ganzen Haus nach ihrem Enkel. In der Diele stellte sie fest, dass sein Schneeanzug nicht am Garderobenhaken hing. Mütze und Stiefel waren auch nicht an ihrem Platz. Nur sein Schal lag auf der Ablage. Dieser Schlingel, hatte er die Gunst der Stunde, na ja der Viertelstunde, genutzt und war noch einmal nach draußen gegangen. Zu gern fuhr er die ziemlich steile Garagenauffahrt hinunter. Henriette öffnete die Haustür und zuckte zurück, weil ihr Nachbar Werner Lehmann direkt davorstand.

Er hielt Julians Schlitten in der Hand. »Den habe ich gefunden, als ich kurz mit dem Hund draußen war. Das ist doch Julians Schlitten?«

Henriette Brandes nickte. Das Blut rauschte in ihren Ohren, sodass sie die nächsten Worte von Werner Lehmann gar nicht mitbekam.

So wie sie war, in Pantoffeln und ohne Mantel, rannte sie ins Schneegestöber hinaus. Sie warf nur einen Seitenblick auf die Garagenauffahrt. Kein Julian. Sie stürmte die Anhöhe hinunter zum Teich. Kein Julian. Sie rief nach ihm, lief am Teichufer entlang. Sie rutschte aus, brach durch das dünne Eis und fiel der Länge nach ins Wasser.

Werner Lehmann war ihr gefolgt, hatte sich durch den Schnee gekämpft und zog sie aus dem Teich, wobei er selbst ins Rutschen kam und beinahe auch im Wasser gelandet wäre.

Er legte seinen Mantel um Henriette, und gemeinsam gingen sie ins Haus zurück, das mit seiner Beleuchtung und der offen stehenden Haustür so warm und einladend wirkte und Henriette ohne Julian doch kalt und trostlos erschien.

Erst jetzt verstand Henriette, was Herr Lehmann ihr versucht hatte zu sagen. Dass er nämlich den Schlitten nicht in der Nähe des Teichs, sondern nur ein paar Meter von der anderen Straßenseite entfernt, umgekippt an einem Baum gefunden hatte.

Während der Nachbar in der Diele wartete, zog sich Henriette mit zitternden Fingern trockene Kleidung an.

»Kommen Sie, wir müssen weitersuchen«, drängte sie und zog Werner Lehmann mit sich. Der wickelte seinen mehr oder weniger durchnässten Mantel um sich und stürzte sich ein weiteres Mal mit ihr ins Schneegestöber. Sie riefen nach Julian, schauten hinter jeden Busch, hinter jeden Baum. Ergebnislos. Sie stolperten über die Schneeberge am Straßenrand, klingelten an Haustüren, fragten da nach dem Kleinen. Niemand hatte ihn gesehen, und der eine oder andere befremdliche Blick wurde Henriette zugeworfen. Wie konnte man einen Fünfjährigen bei dieser Witterung allein draußen herumlaufen lassen. Henriette verstand diese Blicke nur allzu gut, machte sie sich doch selbst Vorwürfe, dass Julian ihr entwischt war. »Was sage ich meiner Tochter, meinem Schwiegersohn?«

Es half nichts. Sie musste Marie anrufen. Konrad war am Telefon. »Wir kommen sofort. Ruf inzwischen die Polizei an.«

Zunächst kamen zwei Streifenpolizisten, denen ›Vernachlässigung der Aufsichtspflicht‹ ebenso deutlich ins Gesicht geschrieben stand wie Konrad und Marie, die kurz danach eintrafen.

Die Beamten beratschlagten leise, was zu tun sei. Eine Suchaktion wurde anberaumt, an der sich auf Initiative von Herrn

Lehmann auch die Nachbarn sowie alle Polizisten und Feuerwehrleute, deren man habhaft werden konnte, beteiligten. Die Suchaktion dauerte bis in die tiefe Nacht. Natürlich machten auch Konrad und Marie sich auf die Suche.

»Du bleibst hier, für alle Fälle!«, sagte Marie, packte ihre am ganzen Körper bebende Mutter in eine Wolldecke und bugsierte sie neben das Telefon.

»Für alle Fälle? Wie meinst du das?«, fragte Henriette mit klappernden Zähnen.

»Nun, für den Fall, dass Julian vor der Tür steht und klingelt«, meinte Marie ungeduldig, »oder dass die Polizei sich meldet – oder«, sie stockte, »oder für den Fall, dass sich ein Entführer meldet.«

Henriette wurde bleich und riss die Augen auf, sagte aber nichts mehr, sondern nickte nur.

Stunden später wurde die Suchaktion abgebrochen. Marie und Konrad kamen erschöpft und durchgefroren mit zwei Kriminalbeamten ins Haus zurück.

»Ich bleibe heute Nacht hier«, sagte Marie, »die Polizei hat uns geraten, dass auf jeden Fall jemand am Telefon sein sollte, falls sich ein eventueller Entführer meldet. Konrad fährt also zu uns nach Hause, um da telefonisch erreichbar zu sein, und ich bleibe hier. Einer der Beamten will sich ebenfalls in der Nähe des Telefons aufhalten.«

»Leider ist es uns nicht möglich, eine Fangschaltung zu installieren. Wir haben den entsprechenden Techniker nicht erreichen können«, bedauerte einer der Beamten.

Nachdem Marie für alle heiße Getränke bereitgestellt hatte, begleitete sie ihre Mutter ins Schlafzimmer und half ihr ins Bett.

Als sie wieder ins Wohnzimmer kam, fragte einer der Polizisten wegen eines Aufrufs in der Presse noch einmal nach Julians Kleidung.

»Er trägt einen weißen Schneeanzug«, begann Marie.

»Weiß? Wirklich weiß?«, unterbrach der Beamte Marie ungläubig. Er warf seinem Kollegen, der schon auf dem Weg nach draußen war, einen Blick zu.

»Mit dicken roten Streifen! Und seine Mütze hat einen knallroten Bommel. Und er hat rote Gummistiefel an.« Das kam fast ein wenig trotzig. »Ich habe den Anzug im vorigen Winter gekauft. Auf Zuwachs. Und letztes Jahr hatten wir praktisch überhaupt keinen Schnee.« Marie war den Tränen nahe. Bis jetzt hatte sie noch nicht geweint.

Sie richteten sich für die Nacht ein. Marie legte sich auf die Couch, der Beamte ließ sich in einen Sessel fallen. Konrad war nach Hause gefahren. »Ruf mich sofort an, wenn sich irgendetwas tut«, hatte er beim Hinausgehen gesagt und seine Frau kurz an sich gedrückt.

Es tat sich nichts. Auch in den folgenden vier Tagen nicht. Bis auf die Tatsache, dass Henriette Brandes mit einer doppelseitigen Lungenentzündung ins Krankenhaus eingeliefert wurde.

Marie begleitete sie kurz in die Klinik und eilte dann wieder zum Telefon zurück.

Weihnachten ging vorbei. Die Kirchenglocken läuteten. Konrad und Marie sahen sich nicht einmal.

Obwohl es weiterhin fast ununterbrochen schneite, wurde die Suchaktion fortgesetzt, schließlich auf den inzwischen zugefrorenen Teich ausgedehnt. Ohne Ergebnis.

Marie und Konrad telefonierten täglich miteinander, aber

Marie wurde von Mal zu Mal schweigsamer. Eine halbe Stunde brachte sie nachmittags am Bett ihrer Mutter zu, hörte sie im Fieberwahn unablässig von Julian und seinem Verschwinden fantasieren. Sie brachte es nicht fertig, ihrer Mutter die Last der Schuldgefühle zu nehmen.

Nach vier Tagen und Nächten wurden die meisten Aktionen eingestellt. Konrad und Werner Lehmann, die zwischenzeitlich mit der Standardbegründung »Wir ermitteln in alle Richtungen« ins Visier der Kripo geraten waren, wurden wieder in Ruhe gelassen. Die Zeitungsartikel wurden kleiner, verschwanden von der ersten Seite. Julian tauchte nicht auf.

Henriette Brandes erlag ihrer schweren Lungenentzündung.

Die Polizei ging zwar von einem Verbrechen aus, aber nicht mehr von einer Entführung. Der Beamte blieb nicht mehr über Nacht.

Marie fuhr nicht nach Hause, obwohl Konrad sie inständig darum bat. Sie schwieg, sie weinte nicht, sie putzte. Sie putzte, als ob ihr oder Julians Leben davon abhinge.

Die Polizei wagte es nicht, den Eltern gegenüber die Vermutung zu äußern, dass Julian wohl nicht mehr am Leben sei. Die Presse war da weniger feinfühlig, und auch Konrad glaubte nicht mehr daran, Julian lebend wiederzusehen.

Marie biss sich auf die Lippen, putzte und hielt an der Überzeugung fest, ihren Sohn warm und lebendig in die Arme schließen zu können.

Mehrmals am Tag ging sie vor die Tür, rief und schaute nach ihm.

Nach drei Wochen setzte Tauwetter ein.

Und so war es Marie, die den kleinen roten Gummistiefel zwanzig Meter weiter aus einem der Schneeberge am Straßenrand lugen sah. Nach ein paar Sekunden, in denen sie das Gefühl hatte, ihr Herz bliebe stehen, schaufelte sie mit bloßen Händen Julians Leichnam frei und hielt dann ihr schneekaltes totes Kind in den Armen.

Jetzt wurde auch die Polizei wieder tätig. Julian wurde in die Rechtsmedizin gebracht, wo festgestellt wurde, dass er mit hoher Wahrscheinlichkeit von der Schaufel eines Schneeräumfahrzeugs am Kopf getroffen worden war, eine Verletzung, die seinen sofortigen Tod herbeigeführt hatte.

Der Fahrer des Schneeräumers konnte erst nach mehreren Monaten ausfindig gemacht werden. Er hatte zum Jahresende bei der Zeitarbeitsfirma gekündigt, die für den Winterdienst zuständig war.

Der Fahrer war sofort geständig, bereute die Unfallflucht, aber man konnte ihm keine Schuld an Julians Tod nachweisen.

»Er kam auf seinem Schlitten die Garagenauffahrt heruntergeschossen. Mir direkt vor die Schaufel. Ich habe gesehen, dass er sofort tot war.«

»Und weshalb haben Sie den Unfall nicht gemeldet?«, insistierte die Polizei. Der Mann zuckte mit den Schultern.

»Ich hatte Angst, dass man mich abschieben würde. Ich komme aus dem Kosovo.«

Er bekam ein paar Monate auf Bewährung – und wurde abgeschoben.

Marie wohnt weiterhin im Haus ihrer verstorbenen Mutter. Sie spricht nicht, sie weint nicht, sie putzt. Ununterbrochen. Kaum dass sie die Zeit findet, das Grab ihres Sohnes zu besuchen.

8

Ein leichter Wind rauschte in den Bäumen, die Vögel zwitscherten. In der Ferne schlug eine Uhr, sieben Mal, acht Mal? Und dann war da noch ein anderes Geräusch, eines, das nur schwer einzuordnen war.

Verfolgt

Ingeborg Struckmeyer

Ein leichter Wind rauschte in den Bäumen, die Vögel zwitscherten. In der Ferne schlug eine Uhr, sieben Mal, acht Mal? Und dann war da noch ein anderes Geräusch, eines, das nur schwer einzuordnen war. Ein Schleifen, Schieben, Rutschen über Kies.

Lea schüttelte unwillig den Kopf. Sie wollte sich nicht stören lassen in der wohligen abendlichen Sommerwärme.

Das laute Platschen aber schreckte sie auf. Irgendjemand hatte etwas in den See gleiten lassen. Etwas Größeres.

Lea schaute über die Hecke, hinter der sie, vor Wind geschützt, auf einer Decke gelegen hatte, und sah in ein paar Metern Entfernung einen Mann, einen jungen Mann, der einen großen, in Plastikfolie gehüllten Gegenstand in den See geschoben hatte.

Als ob er Leas Blick gespürte hätte, wandte sich der Mann um und starrte sie an. Sein Gesichtsausdruck wechselte in Sekundenbruchteilen von Erschrecken zu Entsetzen, zu höchster Panik. Nach einem letzten Blick auf den Gegenstand, der inzwischen fast im See versunken war, stürmte er auf Lea zu.

Sie griff instinktiv zu ihrem T-Shirt und rannte los, barfuß und im Bikini. Das Blut rauschte in ihren Ohren. So laut, dass sie die Schritte, die ihr folgten, kaum hören konnte.

Wie gut, dass sie schon immer eine gute Sprinterin gewesen war! Allerdings eine gute Langläuferin war sie nie gewesen. So war sie froh, dass sie in relativ geringer Entfernung ein kleines Haus sah. Sie hetzte zur Eingangstür, schaute sich einmal kurz um, als sie den Klingelknopf drückte. Ihr Verfolger war nur wenige Meter hinter ihr, blieb aber stehen, als sie laut um Hilfe schrie.

Niemand öffnete die Tür, aber aus dem Garten kam Stimmengewirr. Mit einem Satz sprang Lea auf den Weg, der hinters Haus führte, und warf erneut einen Blick über die Schulter. Der Mann lief zurück zum See.

Lea verlangsamte ihre Schritte und stand dann auf dem Rasen im Garten, mitten in einer Grillparty.

Einige Leute mittleren Alters mit Getränken in der Hand musterten sie erstaunt.

Lea rang nach Luft.

»Kann jemand die Polizei rufen?«, japste sie.

Nach einer kleinen Pause, nach der sie ihre Bitte, diesmal dringlicher, wiederholte, redeten alle Leute durcheinander.

»Was ist passiert? Hatten Sie einen Unfall?«

Lea schüttelte den Kopf. »Kein Unfall, irgendetwas ist am See geschehen. Was genau, weiß ich auch nicht«, brachte sie schließlich einigermaßen zusammenhanglos hervor.

»Weshalb rufen Sie nicht selbst an?«, fragte einer der Männer, betrachtete sie dann von Kopf bis Fuß und grinste. »Na ja, in Ihrem Bikini ist wohl kein Platz für ein Handy«, stellte er schließlich fest. Lea wurde rot, ein wenig vor Scham, aber hauptsächlich vor Wut. Sie zog ihr T-Shirt über, das sie noch immer in der Hand hielt.

»Würden Sie bitte die Polizei anrufen!«, sagte sie und zwang sich zur Ruhe.

Der Mann am Grill, möglicherweise der Hausherr, griff in seine Hosentasche und wählte den Notruf. Er gab Namen und Adresse an und wandte sich dann Lea zu.

»Eine Polizeistreife wird gleich hier sein.«

Ein paar Minuten später trafen zwei Polizisten ein. Lea berichtete, dass sie von einem Mann verfolgt worden sei, nachdem sie am See eine merkwürdige Beobachtung gemacht habe.

Die Beamten baten sie, sie zum See zu begleiten und ihnen die Stelle zu zeigen, von der aus der Mann sie verfolgt hatte.

Lea spürte die neugierigen Blicke der Grillgesellschaft in ihrem Rücken, als sie den Garten verließen.

Natürlich war am See von dem Mann weit und breit nichts zu sehen, aber Lea stellte zu ihrem Entsetzen fest, dass ihre Decke zerwühlt war und ihre Strandtasche fehlte.

»Er weiß jetzt, wer ich bin und wo ich wohne. Meine Papiere waren in der Tasche.«

Dafür interessierten sich die Polizisten zunächst nicht. Einer von ihnen nickte nur, zum Zeichen, dass er ihre Bemerkung zur Kenntnis genommen hatte.

Die Beamten begutachteten die Stelle im See, an der die große Plastikverpackung versenkt worden war.

Mit einem herumliegenden Ast gelang es ihnen, das Paket herauszufischen, ohne die Spuren ringsum zu verwischen.

»Was meinst du? Kripo und Spurensicherung?«, fragte der jüngere der Polizisten seinen Kollegen. Der benachrichtigte telefonisch die entsprechenden Dienststellen, während der andere sich daran machte, die Stelle am See notdürftig mit einem Absperrband abzusichern.

»Würden Sie bitte zu Ihrer Decke gehen und so lange warten, bis ein Kripobeamter zu Ihnen kommt?«, bat er Lea freundlich.

Lea nickte. Sie schlüpfte in ihre Jeans, wickelte die Decke um sich und setzte sich auf die Wiese. Es war immer noch warm, obwohl es inzwischen fast neun Uhr war. Dennoch zitterte sie am ganzen Körper. Sie hätte gern etwas getrunken, aber ihre Wasserflasche war in der Strandtasche.

Es dauerte nicht lange, da wimmelte es nur so von Polizisten, die vorsichtig in den Bereich hinter dem Absperrband eindrangen.

Lea konnte inzwischen die Plastikverpackung nicht mehr sehen.

Auch was die Beamten miteinander sprachen, konnte sie nicht verstehen.

Sie hatte keine Ahnung, wie viel Zeit vergangen war, als einer der Polizisten in Zivil zu ihr kam.

Sie hob den Blick und sah ihm ins Gesicht. »Jan«, meinte sie überrascht, »du bist bei der Kripo?«

»Lea!«, freute sich der junge Beamte. Seine Augen leuchteten auf. Lea spürte ein Kribbeln im Bauch. Da war immer noch etwas zwischen ihnen. Vor ein paar Jahren waren sie einige Monate lang zusammen gewesen. Nach einem heftigen Streit hatten sie sich getrennt – den Grund für den Streit wusste sie nicht mehr – und sich dann aus den Augen verloren.

»Was ist denn nun passiert?«, fragte Lea, während ihre Zähne immer noch aufeinanderschlugen.

»Eine junge Frau. Tot. Mit einigen Messerstichen getötet, soweit man das derzeit beurteilen kann.«

Lea sah auf ihre nackten Füße. »Schrecklich!«, murmelte sie, und ein Schauder durchlief sie. Dann sprang sie auf. »Er weiß, wer ich bin und wo ich wohne.«

Jan nickte. »Einer der Streifenpolizisten hat es mir gesagt. Du kannst auf keinen Fall in deine Wohnung. Nicht, solange der Typ nicht gefasst ist.«

»Das ist dann hoffentlich bald der Fall!«, meinte Lea grimmig, »und was soll ich jetzt machen? Wo soll ich hin?«

»Zuerst gib mir eine kurze Täterbeschreibung, damit wir die Fahndung einleiten können. Alles andere später!«

Lea rief sich das Bild des Mannes vor Augen und beschrieb ihn Jan so, wie sie ihn in Erinnerung hatte.

Jan ging zu seinem Wagen, der auf dem Kiesweg stand, und telefonierte offenbar mit der Leitstelle. Dann kam er zurück zu ihr.

»Könntest du nicht erst einmal zu deinen Eltern in das Dorf in den Bergen? Ein Fremder fällt dort sofort auf. Ich halte es für sicherer, als hier in der Großstadt zu bleiben.«

»Ja, du hast recht. Meine Eltern sind zwar gerade für ein paar Tage zu Oma und Opa gefahren, aber das ist ohnehin besser so. Sonst würden sie sich nur Sorgen machen.«

»Gut«, meinte Jan, »eine Zivilstreife wird dich hinbringen. Hast du einen Schlüssel vom Haus?«

»Na, der liegt wie immer unter dem Geranienbäumchen neben der Eingangstür. Aber ich habe doch überhaupt nichts anzuziehen!« Sie lachte freudlos auf bei dem Gedanken, sich in den viel zu weiten geblümten Gartenkittel ihrer Mutter hüllen zu müssen.

»Immerhin kannst du überhaupt noch etwas anziehen im Gegensatz zu der jungen Frau, die dort drüben liegt und gleich in die Rechtsmedizin überführt wird.«

Lea nickte einigermaßen beschämt.

»Außerdem sollte dich nach Möglichkeit keiner zu Gesicht bekommen. Wenn du nachher beim Haus deiner Eltern ankommst, ist es dunkel, und dann ist wohl keiner mehr auf der Straße.«

»Da sitzen alle vor dem Fernseher«, stimmte Lea zu.

Sie packte ihre Sachen zusammen. »Mein Fahrrad muss auch mit«, meinte sie zu dem Beamten, der sie zu ihrem Elternhaus bringen würde.

Während der junge Mann alles im Kofferraum verstaute, wandte Lea sich Jan zu, fiel ihm in einer plötzlichen Anwandlung um den Hals. »Ich habe Angst!«, flüsterte sie und drückte sich an seine Brust.

»Das kann ich gut verstehen«, erwiderte Jan und fügte leise hinzu: »Ich schau nach dir. Spätestens morgen Abend komme ich bei dir vorbei. – Jetzt muss ich mich erst einmal um den Fall kümmern.«

Nach einer knappen Stunde trafen Lea und der Polizist in dem kleinen Bergdorf ein. Im Schutz der Dunkelheit betraten sie das Haus. Der junge Beamte ging durch alle Zimmer, überprüfte Fenster und Türen auf ihre Sicherheit.

»Alle halbe Stunde fährt ein Streifenwagen vorbei. Für einen perfekten Personenschutz haben wir leider nicht genug Personal«, erklärte er und verabschiedete sich. »Wenn Ihnen etwas Außergewöhnliches auffällt, dann melden Sie sich bitte sofort.«

Er überreichte ihr ein Handy. Leas eigenes war ja mit der Strandtasche verschwunden.

Als er gegangen war, fühlte Lea sich grenzenlos allein. Im Stillen spürte sie Jans Stimme nach, spürte die Zärtlichkeit früherer Zeiten darin und freute sich darauf, ihn wiederzusehen.

Sie stieg die Treppe nach oben in ihr altes Zimmer und fühlte sich gleich etwas besser. Sie legte sich ins Bett, ging aber noch einmal zum Schlafzimmer der Eltern und holte die Pistole aus dem Nachtschränkchen ihres Vaters. Das glatte schwarze Metall flößte ihr einerseits Furcht ein, verlieh ihr andererseits aber eine gewisse Sicherheit.

Sie lud die Waffe, legte sie neben ihr Bett auf den Fußboden und versuchte zu schlafen, was ihr aber erst in den frühen Morgenstunden gelang. Immer wieder schreckte sie auf, weil sie meinte, ein Geräusch gehört zu haben.

Als sie schließlich wach wurde, war es schon fast Mittag. Das elterliche Telefon hatte geläutet, aber als sie sich gemeldet hatte, war niemand am anderen Ende der Leitung. Lea versuchte das mulmige Gefühl, das sie beschlich, zu unterdrücken, schob es auf das Loch in ihrem Magen und beschloss, sich etwas zu essen zu machen.

Die Speisekammer war gut gefüllt, und auch der Kühlschrank bot genügend Auswahl. Sie griff nach einem Glas mit Kürbisstückchen, die ihre Mutter selbst eingelegt hatte, und setzte sich mit einem Tablett auf ihren Lieblingsplatz am Esstisch. Von da aus konnte sie die Zugspitze sehen. Für einen kurzen Moment fühlte sie sich wieder daheim.

Dann fiel ihr Blick auf den Schraubverschluss des Kürbisglases. Ihr Atem stockte, ihr Herz setzte einen Schlag aus. Auf dem Deckel klebte ein Etikett mit Namen und Adresse ihrer Mutter, denen sie das Einweckdatum hinzugefügt hatte. Diese Etiketten hatte Lea selbst für ihre Mutter auf dem Rechner erstellt. Und genau so ein Etikett klebte auf dem Glas mit eingelegten Pilzen, das in ihrer Strandtasche gewesen war.

Lea sprang auf und griff nach dem Polizeihandy. Jans Nummer war einprogrammiert.

»Er weiß, wo ich bin. Ich glaube, er hat auch schon angerufen!« Ihre Stimme zitterte.

»Ich komme sofort, das heißt, ich bin schon unterwegs. Ich hatte keine Ruhe, dich da im Haus allein zu wissen.«

Eine zärtliche Wärme stieg in Lea hoch.

»Ich freu mich auf dich«, sagte sie leise.

»Gib auf dich acht, bis ich da bin.« Jan legte auf.

Eine ganze Weile blieb Lea mit dem Telefon in der Hand sitzen und spürte in sich hinein. Da ist auf jeden Fall noch etwas von der früheren Nähe übrig, dachte sie und lächelte.

Bei einem Kontrollblick aus dem Fenster sah sie auf der anderen Straßenseite einen Mann stehen. Den Mann. Er guckte zum Haus hinüber, und ihr war, als ob er sie sehen könnte.

Sie griff nach dem Telefon und rannte die Stufen hinauf in ihr Zimmer. Sie schloss die Tür hinter sich ab, griff nach der Pistole und setzte sich aufs Bett. Sie wusste, dass der Mann sich Zugang zum Haus verschaffen würde.

Kurz darauf hörte sie die Scheibe der Eingangstür zu Bruch gehen, dann Schritte auf der Treppe nach oben. Alle Türen wurden geöffnet. Vor ihrem Zimmer blieb der Mann stehen. Sein Atem ging rasch und laut.

Er warf sich gegen die Tür, einmal, zweimal. Lea stand auf, fasste die Pistole fester.

Ein letzter Ruck, und die Scharniere gaben nach.

Der Mann stand vor ihr. Er hatte ein Messer in der Hand und starrte auf ihre Pistole.

In diesem Augenblick waren wieder Schritte auf der Treppe zu vernehmen. Der Mann machte eine heftige Bewegung zur Seite. Lea schoss.

In Jans hellgrauem T-Shirt war ein kleines schwarzumrandetes Loch. Genau da, wo gerade noch sein Herz geschlagen hatte.

Mein Engel

Stefanie Gregg

Ein leichter Wind rauschte in den Bäumen, die Vögel zwitscherten. In der Ferne schlug eine Uhr, sieben Mal, acht Mal? Und dann war da noch ein anderes Geräusch, eines, das nur schwer einzuordnen war.

Ein permanentes Klackern, irgendeine Maschine, die hinter ihm stand. Und dieser scharfe Geruch. All dies nahm er gedämpft, wie durch Watte, wahr, während er sich bemühte, seine Augen zu öffnen.

Als ihm dies endlich gelang, sah er das Gesicht einer Frau, die sich über ihn beugte. Sehr nahe. Nicht, dass ihm das unangenehm gewesen wäre, eher verwundert nahm er es hin.

Zuerst fiel ihm auf, dass sie gut roch. Ein angenehmes Parfum, nicht zu blumig. Dann bemerkte er die hübschen, blonden Haare, die ihr feines Gesicht umrahmten. Schließlich sah er auch die rot geweinten Augen.

»Robert«, sie blickte ihm in die Augen und war ihm immer noch so unglaublich nahe, »Robert, kannst du mich hören?«

Sie konnte niemanden anders als ihn meinen, wenn sie ihn so ansah und ansprach. Also versuchte er ›Ja‹ zu sagen, doch aus seinem Hals kam nur ein leises Röcheln.

»Nicht sprechen«, hauchte sie sanft, »nicht sprechen, deine Kehle ist noch zu verwundet von den Schläuchen, nick einfach.«

Er versuchte zu nicken, aber auch das fiel ihm sehr schwer. Sie sah ihn zweifelnd an. Anscheinend wartete sie auf sein Nicken, das er wohl nicht deutlich genug zustande brachte. Ihre blauen Augen verschwammen schon wieder in Tränen und er hätte ihr wirklich gerne zugenickt, aber er war schon wieder so müde. »Mein Engel«, dachte er noch, bevor er langsam wieder wegdämmerte.

Als er wieder etwas hörte, war es die Stimme seines Engels: »Doch, er hatte die Augen offen und er hat mir ganz leicht zugenickt. Wenn ich es Ihnen doch sage.«

Die andere Stimme war tief, rau und unangenehm laut. Er ordnete sie eher der Teufelsseite zu, wenn die andere sein Engel war.

»Das bilden Sie sich nur ein. Das wirkt manchmal bei komatösen Patienten so. An den Werten hat sich nichts verändert. Gehen Sie jetzt mal nach Hause, schlafen, das brauchen Sie dringend.«

Es entwickelte sich ein weiterer Disput zwischen den beiden, dem er gar nicht folgen wollte, sodass er erleichtert war über die nächste Welle, die ihn in den Schlaf mitnahm.

Das Nächste, was er spürte, war eine streichelnde Berührung auf seiner Wange, danach kämmte ihm jemand das Haar und schließlich spürte er zwei sanft küssende Lippen auf seinen und roch den Duft des Engels. Er kämpfte an gegen die wie Blei auf seinen Augen liegenden Lider, bis er sie endlich öffnen konnte und genau in ihre blauen Augen sah. »Noch mal«, hätte er gerne gesagt, »noch mal küssen«, aber das war zu anstrengend. Doch seine Augen sagten »mehr«.

Und sie schien das zu verstehen. Voller Begeisterung riss sie ihre Augen weit auf. »Robert, bist du bei mir?« Sie legte ihm die Finger auf die Lippen und flüsterte: »Nichts sagen, nichts sagen, ich seh dich doch, ich weiß, dass du da bist.« Und dann küsste sie ihn noch mal, drückte ganz sanft ihre warmen Lippen auf seine. Und eine Flut von Wärme durchströmte seinen Körper, eine Flut, die ihn herausriss aus der taumelnden Müdigkeit, die ihn hochriss aus diesem Strom von Schwere.

Als sie ihre Lippen von seinen löste, fuhr sie mit ihren weichen Fingern über sein Gesicht, fuhr seine Augenbrauen nach, die Nase, das Kinn. Sie strahlte ihn an und küsste ihn noch einmal. Er wurde bereits wieder müde, aber er wehrte sich dagegen, er wollte bei ihr bleiben, bei seinem Engel.

»Ist gut, Robert, schlaf wieder. Ich weiß, dass du da bist. Wenn du das nächste Mal aufwachst, werde ich dich wieder küssen.« Mit diesem Gedanken konnte er sich beruhigt in den Schlaf fallen lassen, aber nicht ganz so tief wie zuvor.

Meist war sie da, wenn er aufwachte – fast immer. Manchmal war der dicke Teufel da, die wusch ihn und war so grob, dass er versuchte, dabei weiterzuschlafen, was ihm anfangs besser, aber mit der Zeit immer schlechter gelang. Auch andere Frauen gingen aus und ein, sprachen mit ihm. Ab und an waren es auch Männer. Irgendwann wurde ihm klar, dass er wohl in einem Krankenhaus lag. Alles andere blieb ihm unklar, war aber auch unwichtig. Die Frauen und Männer – das konnte er sich irgendwann merken – sprachen ihn mit »Herr Winter« an. Wichtig war, wenn sein Engel kam. Sie nannte ihn Robert. Beide Ansprachen schienen ihm seltsam fremd, aber irgendwann nahm er an, dass diese Namen wohl zu ihm gehörten. Wie sie »Robert« flüsterte, mochte er. Das war unglaublich liebevoll. Und sie holte ihn ins Leben zurück. Sie hielt ihr Versprechen. Wenn sie da war, bekam er Küsse. Erst sanft, dann drängender, verspielter, fordernder. Die Küsse bedeckten seine Lippen, seine Wangen, seine Augen, seine Stirn.

Und sein Begehren nach mehr wuchs, wenn sie da war, bis zu dem einen Tag, wo plötzlich seine Hand zupackte, weil er ihre spürte. Er hielt sie fest, er konnte es wieder, und er konnte ihre wunderbar sanfte Haut spüren. Und da ließ sie sich fallen auf ihn, ihren ganzen weichen Körper auf seinen. Er konnte erst ihren Körper spüren, dann auch seinen, als ob sie seine Körperteile zum Leben erwecken konnte. Als ihr dies klar wurde, begannen die Küsse auf den Lippen, zogen sich dann weiter über seinen Hals, bedeckten seine Arme, die Hände, die Finger und jede einzelne Fingerkuppe. Tag für Tag ging sie weiter, bedeckte seine Brust mit Küssen, streichelte seinen Bauchnabel mit ihrer Zunge und stockte dann: »Robert, Robert«, seufzte sie, »wenn du mehr willst, musst du mehr aufwachen.«

Und er tat es, er war jeden Tag ein wenig mehr wach, er übte, seine Finger zu bewegen, seine Füße, irgendwann, viele Tage später, seine Beine. Und er begann zu sprechen. Ja, Nein, Danke, Bitte, Durst. Die Geräte um ihn herum wurden weniger. Langsam kamen mehr Worte, ganze Sätze. Die Teufelin setzte ihn auf, bewegte seine Beine, was für ihn schmerzhaft war. Aber er war ihr nicht böse, denn für jeden Fortschritt wurde er von seinem Engel belohnt.

Irgendwann kam die Zeit, als er nach Klarheit suchte. Die Teufelin sprach den Engel mit ›Frau Winter‹ an, sie trug einen Ring am Finger. Unfassbar, aber sie musste seine Frau sein. Hatte er so einen Engel verdient? Er war Robert, Robert Winter. Sie war Frau Winter. Aber so viel er auch darüber nachdachte, er wusste nicht, wie sie mit Vornamen hieß. Irgendwann, als die Sätze wieder da waren, fragte er die Teufelin: »Sagen Sie, wissen Sie, wie meine Frau heißt?«

Die Teufelin zögerte etwas und plötzlich kam ein weicher

Zug in ihr Gesicht: »Sie wissen ihren Vornamen nicht?« Er schüttelte den Kopf.

»Warten Sie, das kriegen wir raus.«

Nach wenigen Minuten, mittlerweile hatte er meistens bereits wieder ein Zeitgefühl, kam sie zurück, mit seiner Krankenakte. Sie blätterte.

»Susanne«, sagte sie stolz, »sie heißt Susanne Winter.«

Er nickte und versuchte, sich den Namen einzuprägen.

Als die Schwester am nächsten Tag wiederkam, stützte sie ihre Hände in die voluminösen Hüften, legte den Kopf schief und fragte ihn zweifelnd: »Na, wissen Sie es noch? Wie heißt Ihre Frau?«

Ohne zu zögern, nickte er und antwortete: »Susanne.« Susanne klang gut, auch aus seinem Mund. Die Teufelin freute sich wie ein kleines Kind, grinste und strahlte ihn an: »Gut, sehr gut!«

Als sie an diesem Nachmittag kam und sich an sein Bett setzte, sagte er: »Susanne!« Das war das erste Mal, dass er nach all den vielen traurigen Tränen Freudentränen von ihr sah. Und ihre Belohnung waren Küsse, auch unterhalb seines Bauchnabels.

Von da an erholte er sich schnell. Irgendwann gab er es einfach zu, dass er sich an nichts erinnern konnte, an wirklich gar nichts. Das war nicht ganz wahr. Es gab einzelne Kindheitserinnerungen. Er glaubte sich an seine Mutter zu erinnern, und als er dies Susanne sagte, holte sie die alten Fotos, die ihm bestätigten, dass sie seine Mutter ist. War. Susanne erklärte ihm, dass sie vor sechs Jahren gestorben sei. Er erinnerte sich an einzelne Momente, an Schaukeln, einen Sandkasten, einen Kindergartenfreund. Aber an nichts, was mit Susanne zusammenhing. Sie zeigte ihm Fotos von ihrer Hochzeit, die war siebzehn Jahre her. Susanne war ein bildhübsches junges Mädchen und er ein dunkler Beau. Er betrachtete sein Bild und fand die eigenen Gesichtszüge immer etwas überheblich. Ihr Blick war auf ihn gerichtet, schräg nach oben, mit einem glücklichen Lächeln. Er blickte stolz in die Kamera.

»Wie war ich so, als Mensch?«, fragte er Susanne zögernd, nachdem er mit ihr viele Fotoalben durchgesehen hatte. Bei jedem Bild hoffte sie auf ein Wiedererkennen, doch er wollte sie nicht anlügen.

Susanne schien ihn erst gar nicht zu hören und blätterte weiter.

»Wie war ich als Mensch?«, wiederholte er.

Sie legte ihre Hand auf seinen Arm und ließ sich noch ein wenig Zeit mit der Antwort. »Als ich dich kennengelernt habe, hast du gerade die Firma deines Vaters übernommen. Du warst immer sehr ehrgeizig und sehr erfolgreich. Die Firma hat dir alles bedeutet. Du wolltest deinem Vater beweisen, dass du es auch kannst – und das hast du auch geschafft. Die Firma ist ein kleines Imperium. Sogar jetzt läuft sie weiter, auch ohne dich, vielleicht nicht ganz so brillant wie letztes Jahr, aber alles läuft stabil und gut.«

Das war ihm gar nicht so wichtig. Aber gut zu hören, dass sie sich wohl keine Sorgen machen musste. »Aber wie war ich als dein Mann?«

Sie blickte ihn an mit Augen, die reinste Liebe verhießen.

»Du warst der begehrenswerteste Junggeselle weit und breit«, sie lachte, als sie dies sagte, »und ich war sehr glücklich, als du mich geheiratet hast.«

»Und«, fragte er vorsichtig, »war ich es wert?«

Plötzlich sprudelte sie wie eine Quelle: »Ja, du bist ein ganz liebenswerter Ehemann! Du warst immer für mich da, auch in den Zeiten, als es mir schlecht ging. Weißt du, wir konnten keine Kinder bekommen und ich war darüber sehr traurig, aber du hast immer an meiner Seite gestanden. Du hast gesagt: ›Solange wir uns beide haben, ist das Glück schon vollkommen.‹ Und wir haben auch viel gemeinsam. Wir gehen gerne ins Theater, wir gehen gerne gut essen. Und wir lieben unseren jährlichen Urlaub in der Toskana.«

Er lehnte sich zurück und war ausgesprochen erleichtert. Irgendwie hatte er sich vor sich selbst gefürchtet, vor dem überheblichen Blick auf den Fotos, vor dieser leicht arroganten Haltung, vor den immer etwas spöttisch verzogenen Mundwinkeln. Als er diesen Mann auf den Fotos gesehen hatte, hatte er sich vorgestellt, dass er schroff und brutal zu allen war. Und er hatte die Blicke der anderen Frauen auf den Fotos der einen Party gesehen, die ihn immer so herausfordernd anzusehen schienen. Aber das war eben wohl alles nur Einbildung. Er war ein guter Mann, ein guter Ehemann, das erleichterte ihn sehr. Er zog seinen Engel zu sich und küsste sie. »Das hast du auch verdient, und ich verspreche dir, dass, wenn wir das hier durchgestanden haben, ich mich mein Leben lang um dich kümmern werde.«

Ab diesem Zeitpunkt schmiedeten sie Pläne. Ein paar Monate noch Krankenhaus, dann Reha – und dann zurück ins Leben. Susanne hatte ihm vorgeschlagen, die Firma auch weiterhin in den Händen des Geschäftsführers zu belassen, der das gut machte – die Umsätze liefen bestens. Er selbst würde es nicht nötig haben, wieder zu arbeiten. Ihm schien es, als ob man ihm ein Traumleben vor die Füße legte. Er hatte Geld, eine Firma, die auch ohne ihn lief, und diese Traumfrau. Selbst wenn ihm einige Monate seines Lebens fehlten, was machte das schon aus. Susanne hatte ihm vorgeschlagen, warum sie nicht gleich in ihr Haus in der Toskana ziehen würden. Da hätten sie mehr Ruhe, und er könnte sich alle Zeit der Welt nehmen, bis er wieder ganz gesund sein würde.

Irgendwann fragte er auch einmal, warum er überhaupt hier lag.

»Ein Autounfall. Der Porsche. Du bist einfach sehr schnell gefahren. Zu schnell für diese Kurve auf der Autobahn.«

»Okay, ich fahre nie mehr Porsche«, sagte er leichthin und war überrascht, dass Susanne daraufhin zu weinen begann.

»Was ist, mein Herz?«, fragte er und hob ihr Kinn an.

»Der Porsche war dir mal sehr wichtig«, erklärte sie ihm und fügte leise hinzu: »Manchmal konnte man den Eindruck haben, wichtiger als ich.«

»Das ist ja kompletter Unsinn«, lachte er sie an.

***

Als sie die Krankenhaustür hinter sich zuzog, lehnte sie sich an die kühle Wand an und schloss für einen Moment die Augen. Beinahe hätte sie ihm etwas gesagt. Aber oh nein, sie würde es nicht tun. Nicht, dass er nicht alleine in dem Porsche gesessen war, sondern mit einer zwanzigjährigen Blondine, einer seiner vielen Eroberungen, die er mit hohen Geschwindigkeiten und anderweitiger Potenz beeindrucken konnte. Nicht, dass sie selbst ihm schon lange nichts mehr bedeutete, vielleicht nie etwas bedeutet hatte. Nicht, dass sie wenige Tage vor dem

Unfall die Scheidung eingereicht hatte und er ihr angedroht hatte, sie ohne einen Cent aus der Ehe herausgehen zu lassen, nicht, dass kein einziger Angestellter traurig darüber war, dass er nicht mehr in die Firma zurückkam. Nichts von alldem würde sie ihm sagen. Sie hatte sich nun ihren Traummann erschaffen. Und er folgte dem Bild, das sie kreiert hatte, gerne.

Bald würden sie ein neues Leben in der Toskana beginnen, sie und ihr Traummann. Die bessere Hälfte ihres Lebens hatte jetzt begonnen.

9

Eingeladen war sie zur 150-Jahr-Feier. Das klang nach Stadtjubiläum, Blasmusik und Bierkrügen. Aber sie wusste, dass sie etwas ganz anderes erwarten würde, als sie das Foto auf der Einladungskarte sah.

Du gehörst mir

Stefanie Gregg

Eingeladen war sie zur 150-Jahr-Feier. Das klang nach Stadtjubiläum, Blasmusik und Bierkrügen. Aber sie wusste, dass sie etwas ganz anderes erwarten würde, als sie das Foto auf der Einladungskarte sah.

Darauf grinste ihr Justus entgegen, Justus zwischen seinen zwei Bandkumpeln, Lars und Sven, dem Drummer und dem Gitarristen. Kurz rechnete sie nach und stellte fest, dass er tatsächlich dieses Jahr 50 werden würde – bei allen dreien, die 50 wurden, machte dies zusammen 150 Jahre, die die drei natürlich mit einem Abend feiern wollten, an dem sie zu dritt mit ihrer Band auftraten. Abrocken, was das Zeug hält. Ein Auftritt für und mit allen Freunden. Ja, das war typisch für ihn. Konnte es wirklich sein, dass er jetzt 50 wurde, ein halbes Jahrhundert? Früher war man mit 50 alt gewesen. Nachdenklich fuhr sie mit ihren Fingern die Konturen seines Gesichts auf dem Foto nach. Er sah immer noch wie damals aus, fand sie, umwerfend gut. Groß, muskulös, das kantige Kinn, die immer jungenhaft grinsenden Augen. Ein Womanizer, damals, sicher auch noch heute. Bei dem Gedanken zuckte ihr Finger zurück und sie richtete sich auf. Sollte sie wirklich hingehen, mit Hannes? Warum nicht? Mein Gott, es war 23 Jahre her, es war eine Heirat her und drei Kinder, es war ein Leben her. Warum denn nicht? Sie würde ihn gerne wiedersehen. Sie würde ihn gerne wieder einmal singen hören. Ob er die alten Lieder noch sang, die er damals für sie geschrieben hatte? Wahrscheinlich nicht, er hatte genug neue. Natürlich hatte sie seinen Weg verfolgt. Auch wenn ihm der internationale Durchbruch nicht gelungen war, im ganzen Umkreis war er bekannt, immer gerne gebucht. Er hätte davon leben können, wenn auch mehr schlecht als recht. Dass er nebenbei seinem Beruf als Anwalt immer nachgegangen war, machte ihn eigentlich sympathisch. Nein, nie abgehoben, in keine Richtung. Nur in Frauenrichtung, grinste sie. Er konnte einfach nicht Nein sagen. Es war noch nicht einmal böse gemeint. Sie boten sich ihm an, jeden Abend nach den Auftritten, aber wahrscheinlich auch in der Kanzlei. Er betrat einen Raum und die Frauenherzen fielen um. Wenn er sang, knisterte es vor Erotik. Wahrscheinlich hätte er bei jedem Auftritt die Hälfte aller weiblichen Besucher haben können. Mindestens. Und er konnte nicht Nein sagen. Damals nicht. Heute nicht. Ab und zu hatten sie Kontakt. Er berichtete dann von den ständig wechselnden Freundinnen. Katja, du bist meine einzige große Liebe. Das sagte er jedes Mal, wenn sie sich sahen. Man konnte ihn nicht ernst nehmen. Niemals. Wenn man es tat, würde man verletzt werden. Sie war verletzt worden. Tief. Sie hatte die Tür zu der kleinen Kammer hinter der Bühne aufgemacht, wollte ihm gratulieren zu seinem tollen Auftritt. Zuerst sah sie nur die Frau, die auf dem Tisch lag, mit offenem Mund und diesem ekstatischen Blick, den sie nie vergessen würde, erst dann ihn dahinter, der sofort zurückzog, als er sie sah, hinter ihr herlief, aber sie sprach kein Wort mehr mit ihm, über Jahre. Die anderen hatten ihr in dem Versuch, sie zu trösten, erzählt, dass die eine nicht die Erste gewesen war. Er konnte nicht Nein sagen. Obwohl, das mussten sie alle zugeben: Gesprochen hatte er nur von Katja, seiner großen Liebe.

Sie schüttelte den Kopf und legte die Einladung für mehrere Tage beiseite, bevor sie Hannes fragte. Er wusste, dass sie mit Justus zusammen gewesen war, vier Jahre lang. Aber für ihn waren das Jugendsünden, seine Frau als Bandgroupie, egal, danach war sie ja auf die richtige Bahn gelaufen. Mit ihm. Klar würde er mit ihr zu der Feier gehen. Mal wieder tanzen, das war doch nett. Und er hob ihr Kinn und küsste sie: »Du gehörst ja mir.«

Sie kamen extra etwas später. Unauffällig wollte sie sich zwischen die Partygäste mischen. Obwohl es nicht so aussah, weil es nicht so aussehen sollte, hatte ihr Outfit sie viel Zeit gekostet. Eine Jeans, die ihre immer noch makellose Figur betonte. Ein ärmelloses, blaues T-Shirt, das ihre schlanken, braun gebrannten Arme zeigte. Die blonden Locken, die auf die Schultern fielen, mit einer leichten Welle geföhnt. Nichts Auffälliges. Und dennoch immer noch auffällig schön. Was Hannes wusste und weshalb er besitzergreifend seinen Arm nicht von ihren Hüften ließ.

Justus begrüßte sie und hielt Katja viel zu lange fest, blickte ihr viel zu tief in die Augen, bevor er sich zu Hannes drehte und sagte: »Du hast gewonnen. Ich hoffe, du weißt das zu schätzen.« Hannes lachte stolz.

Sie und Hannes tanzten an diesem Abend viel. Justus' Blick war von der Bühne aus auf sie gerichtet.

Natürlich kannte sie noch viele von Justus' Freunden, die sich freuten, sie nach so langer Zeit wiederzusehen. Man erzählte Geschichten von früher. Weißt du noch …? Hannes trank ein Bier und lächelte seine Katja an.

In einer Pause kam ein Mädchen auf die Bühne. Blond,

vogelscheuchenartig dünn, farblos, aber ohne Zweifel bissig, bestimmt die derzeitige Freundin. Die musste er beruflich aufgegabelt haben. Oder sie ihn. Oh, Justus, das ist doch nichts für dich, dachte sie bei sich. Die Vogelscheuche kündigte ein Spiel an. Und zwar – tatatata – eine ›Hochzeit‹ - die Hochzeit von Justus und Lars. Sven war der Einzige von den dreien in der Band, der verheiratet war. »Weil«, so verkündete die Vogelscheuche triumphierend oder bösartig, jedenfalls grinsend, »Justus immer behauptet, der Einzige, den er je heiraten könnte, sei Lars.« Und das solle hiermit geschehen. Justus bekam ein Brautkleid an, das bei seinen 1,90 Metern gerade bis zu den Knien ging und hinten offen klaffte. Einen Brautschleier auf den Kopf. Lars wurde ein schwarzer Anzug übergestülpt, und so mussten die beiden auf die Bühne. Sehr lustig. Justus grinste, versuchte, gute Miene zum bösen Spiel zu machen. Die Zuschauer grinsten. Ein Liebesgedicht wurde vorgelesen, ein wirklich schönes, von Brecht. Die Zuschauer lachten, sie waren darauf programmiert, das sollte ja wohl lustig sein. Eine Hochzeitszeremonie, bei der die beiden Männer sich ewige Treue schwören mussten, nicht ohne dass der Zeremonienmeister darauf hinwies, dass das auch hieße, dass die Reihe der angeblich gezählten 57 Frauen, die Lars von Justus übernommen hatte, hiermit beendet sein würde.

»Warst du also eine von mindestens 57?«, konnte Hannes nicht anders als Katja ins Ohr zu flüstern. Auch sehr lustig.

Alles ausgesprochen ausgelassen-lustig. Nur wenige Zuschauer lachten nicht. Zwei Unverheiratete, die ihren 50-jährigen Geburtstag gemeinsam feierten und miteinander verheiratet wurden. Was für eine Lebensbilanz! Justus entglitten nur für Sekundenbruchteile die Züge ins Bittere, sein Blick suchte

Katja, dann lachte er, lehnte den Kopf an Lars' Schulter und schwor ihm ewige Treue.

Alle waren froh, als die beiden endlich wieder Musik machen konnten. Justus rockte sich die Seele aus dem Leib. Er nahm den Mikrofonständer und tanzte mit ihm über die ganze Bühne. Er sang, er schrie, er rockte. Nie war er so sexy wie an diesem Abend. 50 Jahre, unendlich sexy und unendlich allein. Jeder im Saal konnte es spüren. Jeder. Hannes grinste.

Hannes und Katja tanzten, immer mit Justus' Blick auf Katja. Hannes genoss den Abend sehr.

»Dieses Lied habe ich für eine Frau geschrieben. Die Frau meines Lebens, nach der nie jemand anders kam«, kündigte er das nächste Lied an, das sie bereits am ersten Takt erkannte. Ihr Lied. Die Vogelscheuche drehte sich um und ging. Hannes hatte auch verstanden, dass Justus mit seinen Worten Katja gemeint hatte, und sah sie kritisch an. »Ach, das kann man nicht ernst nehmen«, lachte Katja, »das war nur eine Abrechnung mit ihr und diesem dämlichen Spiel.« Hannes zog sie eng an sich beim Tanzen.

Danach sang Justus »Lost and Lonely«. Das Lied hatte er nach ihrer Trennung geschrieben, doch das wussten nur sie beide. Ganz kurz fing sie seinen sehnsüchtigen Blick auf.

Um 1.00 Uhr flüsterte Hannes Katja ins Ohr, dass sie gehen müssten, der Babysitter würde nicht länger warten wollen. Justus war nicht zu sehen. »Warte, ich suche ihn, ich möchte mich doch noch schnell von ihm verabschieden.«

»Ja, aber beeil dich«, antwortete Hannes und blickte nur kurz von dem Gespräch mit seinem Tischnachbarn auf. Sie sprachen über alte Mercedes.

Sie fand ihn hinter der Bühne. Eine Kammer, fast wie damals, aber keine Frau war da. Er saß vor dem Tisch und hatte den Kopf in die Hände gestützt. Erst als sie die Hand auf seine Schulter legte, bemerkte er sie und drehte sich um.

»Ich wollte nur Tschüss sagen.«

Er stand auf und zog sie an den Hüften zu sich. »Katja, rette mich.«

Sie antwortete nicht. Und er küsste sie. So, wie sie seit damals nicht mehr geküsst worden war. So, dass Hannes verschwand, so, dass ihre Kinder verschwanden, so, dass ihr Leben verschwand.

»Rette mich.«

Und in dem Moment hatte sie eine Entscheidung getroffen.

Ein Fest mit ungewissem Ausgang

Ingeborg Struckmeyer

Eingeladen war sie zur 150-Jahr-Feier. Das klang nach Stadtjubiläum, Blasmusik und Bierkrügen. Aber sie wusste, dass sie etwas ganz anderes erwarten würde, als sie das Foto auf der Einladungskarte sah: ihr Vater mit seiner Neuen. Beide grinsten in die Kamera, und Vaters Hand lag auf dem dezent gewölbten Bauch seiner schwangeren Frau.

›Wir freuen uns über das 150-jährige Bestehen der Baufirma Mahlmann, das irgendwann einmal Mahlmann und Söhne heißen wird. Denn eins ist sicher: Jens und Ole werden weiterbauen.‹

Geht es noch geschmackloser, dachte Bea. Kindern, die noch nicht auf der Welt sind, von denen man das Geschlecht kennt, einen Namen zu geben und Vorhersagen über ihren beruflichen Werdegang zu machen? Vielleicht hatten sie überhaupt keine Lust auf die Baufirma, wollten lieber Schauspieler werden oder Arzt oder Lehrer oder Anwalt oder, oder, oder. Sie waren noch nicht auf der Welt und schon hatte der Vater ihnen die selbstbestimmte Zukunft genommen.

Bea verzog das Gesicht. Drehte die Karte in den Fingern. Weshalb hatte sie überhaupt eine Einladung bekommen? Wahrscheinlich hatte die Sekretärin allen Aktionären eine geschickt. Und ihr, Bea, gehörten dreißig Prozent der Firma. Ob Mama auch eine Einladung bekommen hatte? Mama war noch nicht wach. Sie stand erst auf, wenn sie ihren Rausch ausgeschlafen hatte. Um dann sofort damit zu beginnen, sich erneut zu berauschen. Mit Rotwein, mit Sekt, mit Wermut, am liebsten natürlich mit Champagner. Aber da versuchte Bea inzwischen, einen Riegel vorzuschieben. Champagner war teuer. Und sie brauchten Vaters Geld für andere Dinge. Für Felix, ihren geistig behinderten kleinen Bruder und seine Betreuung. Mutter fiel als Betreuerin aus und Bea hatte so kurz vor dem Abitur auch wenig Zeit. Viel zu wenig.

Sie lächelte bei dem Gedanken an Felix, freute sich darauf, wenn er gleich mit dem Behindertenbus nach Hause gebracht würde, freute sich auf sein breites Grinsen, wenn sie ihm die Tür öffnete.

Eigentlich ganz schön mutig von Vater, die zu erwartenden Zwillinge schon für seine Zwecke zu vermarkten. Woher nahm er die Gewissheit, dass sie nicht auch behindert sein würden? Vielleicht wollte er sich das Schicksal gefügig machen, es einfach zwingen, sich nach seinen Regeln zu verhalten. Nie würde sie Vaters Gesicht vergessen, den angeekelten Blick, mit dem er Felix bedacht hatte, als er ihn nach der Geburt zum ersten Mal sah. Er war mit zweitägiger Verspätung von einer Geschäftsreise zurückgekommen. Mama hatte nicht den Mut gehabt, ihm von der Behinderung des Babys zu erzählen, und so war er von dem kleinen mongoloiden Jungen, dem ersehnten Stammhalter und Kronprinzen der Baudynastie, überrascht worden. Seine Schlussfolgerung war einfach. Mama war schuld, sie war zu alt.

So ließ er sich nach kürzester Zeit scheiden, legte sich eine jüngere Frau zu, die er dann schnellstens schwängerte.

Bea sah die restliche Post durch. Keine Einladung für ihre Mutter.

»Mama, hier ist ein Brief von einem Kosmetikinstitut!«, rief sie nach oben. Ihre Mutter war offenbar aufgestanden und murmelte eine Antwort, die so klang, als ob sie das Frühstück durch einen raschen Schluck aus der Flasche ersetzt hätte.

Bea zuckte mit den Achseln.

Noch einmal wendete sie die Einladungskarte hin und her, wollte sie schon zerreißen und überlegte es sich anders. Sie würde hingehen und mitfeiern. Gerade war ihr eine Idee gekommen, die allerdings mit Feiern nicht viel zu tun hatte. Um diese Idee in die Tat umzusetzen, hatte sie ja noch zwei Wochen Zeit.

Es klingelte. Felix wurde gebracht.

»Hallo, mein Schatz!«, begrüßte sie den Fünfjährigen und legte ihre Arme um ihn. Felix gab ihr einen dicken, etwas feuchten Kuss und erwiderte ihre Umarmung so heftig, dass er ihr fast die Luft abdrückte.

»Du, ich muss gleich etwas besorgen und will außerdem zu Sonja. Magst du mitgehen?« Felix liebte Beas beste Freundin, und so nickte er begeistert.

»Ich will aber meinen neuen Pulli anziehen, den mit Spiderman vorne drauf.« Felix sprach etwas undeutlich, aber das würde sich bessern, wenn seine Zunge verkleinert würde. Damit mussten sie aber vorläufig noch warten.

Sie fuhren mit dem Fahrrad zu Sonja, Felix saß im Anhänger und streichelte Spiderman.

»Ihr kommt gerade recht«, begrüßte Sonjas Mutter sie und fuhr Felix liebevoll über den Kopf, »ich habe Waffeln gebacken. Dazu gibt es heiße Kirschen mit Sahne.«

Felix jubelte und lief voran in die Küche. »Warte mit dem Essen, bis alle sitzen!«, mahnte Bea lächelnd, während Felix schon ungeduldig auf seinem Stuhl herumrutschte und begehrliche Blicke auf die Waffeln richtete.

Sonja kam freudestrahlend aus ihrem Zimmer. »Na, das ist ja eine gelungene Überraschung«, stellte sie fest. Zu Cappuccino und heißer Schokolade saßen sie in gemütlicher Runde. Dann kam Bea auf ihr Anliegen zu sprechen. »Ich müsste dringend noch etwas erledigen. Könnte Felix so lange hierbleiben?«

»Klar, wir spielen Fußball im Garten. Das provisorische Tor von letzter Woche steht noch auf dem Rasen.« Felix flitzte so schnell ihn seine Beine trugen nach draußen, machte schon ein paar Probeschüsse und rief ungeduldig nach Sonja.

»Danke«, sagte Bea leise. In ihrem Rücken spürte sie die mitfühlenden Blicke von Sonjas Mutter.

Ihre Einkäufe in einem Bastelgeschäft waren schnell erledigt und sie kehrte zurück zum Haus ihrer Freundin.

Felix blieb noch im Garten, tollte mit dem Nachbarshund herum, während die beiden Mädchen in Sonjas Zimmer gingen.

»Ich habe eine etwas seltsame Bitte«, begann Bea zögernd. »Du hattest doch mal diese Gothic-Phase. Hast du die Klamotten noch?«

Sonja war rot geworden. »Ja, die Zeiten sind vorbei, aber die Sachen müssten oben unterm Dach sein. Was brauchst du denn?«, fragte sie, und die Neugier in ihrer Frage war nicht zu überhören.

»Ein langes schwarzes Kleid und vielleicht irgendeine Art Hut. Ich möchte meinen Vater bei seinem Firmenjubiläum so richtig schocken.«

»Damit wird dir das gelingen«, kicherte Sonja, als Bea die entsprechenden Sachen anprobierte. »Wie geht es denn deiner Mutter?«, fragte sie beiläufig.

»Ach, immer dasselbe! Sie versinkt immer mehr im alkoholischen Sumpf und benötigt dringend eine Therapie, um trockengelegt zu werden«, seufzte Bea. »Zum Glück ist Felix noch zu klein, um dahinterzukommen, was mit ihr los ist. Aber er kriegt natürlich mit, dass sie sich so gut wie nie mit ihm abgibt. Schuld an der ganzen Misere ist in erster Linie mein Vater.«

Aber ich werde mich rächen, dachte Bea auf dem Heimweg.

Zwei Wochen später zog sie sich für die große Jubiläumsfeier um.

Als sie an der Tür ihres ehemaligen Elternhauses klingelte, machte ihr Vater die Tür auf.

»Was machst du denn hier? Und wie siehst du überhaupt aus?«

»Erstens bin ich eingeladen. Da hat sich deine Sekretärin wohl vertan. Und zweitens komme ich gerade von meinen Freunden. Das, was ich anhabe, ist derzeit total hipp.« Ihr Vater musterte sie von oben bis unten. Ihre zerrissenen Jeans, ihr bauchfreies T-Shirt, ihren angeklebten glitzernden Bauchnabelstein.

»Aber mach dir keine Gedanken, ich ziehe mich jetzt um. Ich weiß ja, wo das Bad ist«, fügte sie ironisch hinzu.

»Beeil dich, die ersten Gäste werden gleich eintreffen. Verena ist noch oben und …«

›wartet auf ihren großen Auftritt auf der Treppe‹, dachte Bea. Und den wird sie bekommen!

Sie huschte die Stufen hinauf, verhielt einen Augenblick am Geländer und zog sich dann in Windeseile im Badezimmer um. Sie machte sich ein zweites Mal am Treppengeländer zu schaffen und versteckte sich dann hinter einer voluminösen Grünpflanze, um auf Verena zu warten.

Verena erschien kurz darauf, ganz in Goldlamé gehüllt, was ihren Zwillingsbauch vorzüglich zu Geltung brachte.

Als sie vor der Treppe stand, kam Bea hinter dem Philodendron hervor und flüsterte: »Ich bin die böse Fee!« Sie raschelte mit ihrem schwarzen Kleid, sodass Verena zusammenschrak und ein paar Schritte nach vorn machte. Dabei stolperte sie über den durchsichtigen Nylonfaden und fiel die Treppe hinunter.

Sie schrie. Beas Vater und die inzwischen eingetroffenen Gäste stürzten hinzu. In der allgemeinen Verwirrung gelang es Bea, den Plastikfaden zu entfernen.

»Was ist passiert?«, rief sie laut. Aller Augen richteten sich auf sie, auf die schwarze Gestalt, die langsam die Stufen hinunterschritt.

Verena lag am Fuß der Treppe. Es war Bea egal, was mit ihr passiert war. Ob sie sich das Genick gebrochen hatte oder nur den Fuß. Ganz sicher hatten Jens und Ole den Sturz nicht heil überstanden. Vielleicht würden sie viel zu früh geboren werden, tot sein.

Oder behindert – wie Felix.

10

Der Wald war inzwischen schon sonnendurchflutet, aber die Luft noch kühl. Die Vögel begrüßten den neuen Tag mit freudigem Zwitschern.

Eine Insel für mich allein

Ingeborg Struckmeyer

Der Wald war inzwischen sonnendurchflutet, aber die Luft noch kühl. Die Vögel begrüßten den neuen Tag mit freudigem Zwitschern.

Sophie lehnte ihr Fahrrad gegen eine dicke Eiche und lief mit schnellen Schritten den schmalen Pfad zum Seeufer hinunter. Die Jacke des Trainingsanzugs warf sie ins Gras, zog in Windeseile Hose und Schuhe aus. Jetzt nur noch im Bikini, fröstelte sie in der frühmorgendlichen Luft, ignorierte aber die Gänsehaut am ganzen Körper und konnte es gar nicht erwarten, in die seidig-warmen Fluten einzutauchen.

Ungeduldig schwamm sie durch die glitzernden kabbeligen Wellen des großen Gewässers zu der Insel, die im Laufe der vergangenen Urlaubswoche zu ihrer Insel geworden war.

Die Insel war winzig klein, wirkte fast wie eine dieser Witzblattinseln: eine kleine Erhebung mit einem Baum darauf. Nur wuchs auf ihrer Insel keine Palme, sondern eine Weide mit weitverzweigter Krone und silbrig schimmernden Blättern, die sich im Wasser spiegelten. Ein fast undurchdringlicher Schilfgürtel umgab die Insel, nur eine schmale Schneise öffnete sich zu einem kleinen Sandstrand, gerade so groß, dass man sich nach dem Schwimmen herrlich von der Sonne trocknen lassen konnte.

Inzwischen hatte die Sonne sich allerdings hinter ein paar Wolken verborgen und kam etwas bleichsüchtig daher. Sophie hoffte, dass es dennoch ein bisschen wärmer werden würde.

Jedes Mal, wenn Sophie den Kopf aus dem Wasser hob, sah

sie die Insel näherkommen. Und dann war sie endlich da.

Prustend krabbelte sie an Land und erstarrte, als sie bemerkte, dass schon jemand auf der Insel war.

Ein Mann. Er war sehr weißhäutig, hatte einen Fuß seltsam im Sand vergraben. Sophie war einigermaßen enttäuscht, nicht allein auf der Insel zu sein, und wäre am liebsten sofort wieder zurückgeschwommen. Aber dazu war sie zu erschöpft.

Bei ihrem Anblick richtete der Mann sich überrascht ein wenig auf. Sophie stolperte wortlos an ihm vorbei und ließ sich in größtmöglicher Entfernung von ihm in den Sand sinken. Sie fror ein wenig. Die Sonne hatte sich inzwischen fast völlig hinter einer dicken, dunklen Wolke versteckt, der Wind hatte noch mehr aufgefrischt.

Sophie schlug die Arme um den Oberkörper. Um den Blicken des Fremden nicht zu begegnen, sah sie zum Boot hinüber.

»Ich hasse Motorboote«, murmelte sie halblaut. Irgendwie musste sie ja ihrer Enttäuschung Ausdruck verleihen!

»Sonst bin ich auch lieber geschwommen«, meinte der Fremde, »aber im Augenblick traue ich mir das noch nicht zu.«

Betont leichthin klangen seine Worte, dennoch hörte Sophie die verdeckte Trauer darin. Zum ersten Mal nahm sie den Mann richtig wahr, nicht als Störenfried, sondern als Menschen, der das gleiche Recht hatte, auf der Insel zu sein, wie sie, der wie sie Stille und Geborgenheit suchte.

Und dann sah sie, dass der Fuß, den sie im Sand vergraben wähnte, gar nicht da war. Stattdessen glänzte eine gezackte rote Narbe am Stumpf.

Zu Sophies Enttäuschung und unberechtigtem Zorn gesellte sich nun auch noch Scham, und die Mischung dieser Gefühle verschloss ihr den Mund. Während sie die Augen schloss, um ihre Verwirrung zu verbergen, dachte sie über den Fremden nach. Sie vermutete, dass er seinen Fuß erst vor Kurzem verloren und eine Zeit lang im Krankenhaus gelegen hatte. Das würde auch seine Weißhäutigkeit erklären.

»Möchten Sie vielleicht eine Decke?«, fragte der Mann in ihre Gedanken hinein. »Sie sehen aus, als ob Sie frieren!«

»Nein, danke!«, sagte Sophie spröde, empfand seine Worte wie einen Vorwurf. In einem Boot konnte man leicht Wolldecken befördern!

»Sie sind enttäuscht, dass Sie Ihre Insel heute nicht für sich allein haben«, stellte der Mann sachlich fest.

»Es ist ja nicht meine Insel«, erwiderte Sophie, wütend, dass er sie so genau durchschaute.

»Ich kenne die Insel schon lange. Als Junge bin ich hierher geschwommen, sehr gegen den Willen meiner Eltern!« Der Mann lachte leise. »Sie hatten Angst, ich würde die Strecke nicht schaffen.«

Dann fuhr er nachdenklich fort: »Es ist wunderschön hier, nur Sand, Wasser und Stille. Es ist so still, als ob die Welt den Atem anhielte, als ob die Zeit stehen bliebe. Obwohl …«, er blickte ein wenig besorgt zum Himmel, »zumindest das Wetter hat sich heute rasend schnell verändert.«

Sophie folgte seinen Blicken. Tatsächlich, die Sonne war gänzlich verschwunden, der Himmel hatte eine schiefergraue Farbe angenommen. Das Wasser des Sees war trügerisch ruhig, geradezu bleiern.

»Ich glaube, es gibt eines dieser morgendlichen Unwetter, wie sie an diesem See hin und wieder auftreten«, monologisierte der Mann weiter, »ich werde lieber losfahren. Soll ich

Sie mitnehmen?«, fragte er freundlich. »Ich lasse Sie ungern allein hier zurück.«

Sophie schüttelte den Kopf.

Der Fremde mühte sich etwas unbeholfen aus dem Sand, doch dann hantierte er geschickt mit einem Paar Krücken, packte seine Sachen zusammen und sprang fast behände in das Boot.

»Wollen Sie wirklich nicht mit?«, fragte er noch einmal. Mit seinen warmen braunen Augen sah er Sophie eindringlich an.

»Wirklich nicht!«, bekräftigte Sophie und hoffte, dass ihre Stimme sich sicherer anhörte, als ihr zumute war. Sie wollte einfach noch ein paar Minuten für sich ganz allein haben, die Inselgefühle der vergangenen Tage zurückholen.

Sie sah dem Mann nach, als er mit geübten Griffen das Boot auf den See hinaus manövrierte, nickte knapp, als er ihr zum Abschied zuwinkte.

Seufzend legte sie sich in den Sand zurück. Doch es war heute nichts mit Ruhe, Stille und innerem Frieden. Für zwei war kein Platz gewesen auf dieser winzigen Insel, aber plötzlich fühlte sie sich allein auch nicht wohl.

Außerdem fror sie erbärmlich. Es half nichts, sie musste sich auf den Rückweg machen, bevor sie vollkommen klamm und steif sein würde. Beim Schwimmen würde ihr schon wieder warm werden, redete sie sich selbst gut zu. Doch dem war nicht so. Kälteschauer überliefen sie, sie fing schon jetzt an zu zittern. Der See, eben noch spiegelglatt, begann sich zu kräuseln, erste kleine Wellen rollten auf sie zu. Das Ufer lag irgendwo in grauer Ferne. Obwohl Sophie so schnell schwamm, wie sie konnte, schien sie ihm kaum näherzukommen.

Als sie etwa die halbe Strecke zurückgelegt hatte, setzte Regen ein. Erste dicke Tropfen platschten ihr auf den Kopf, dann prasselten nadelspitze Pfeile auf sie herab, stachen in Arme und Nacken.

Bald schon hatte sie kein Gefühl mehr in den Gliedern, spürte weder Kälte noch Nässe, schwamm mechanisch durch die schmutzig grauen Wellen, durch den dichten Regenvorhang.

Urplötzlich kreuzte ein Segelboot ihre Bahn, groß und schnell. Für einen Augenblick sah sie die gelben Öljacken der Besatzung aufblinken, dann war es verschwunden. Die Kielwelle des Bootes überspülte sie mit ungeahnter Heftigkeit. Sie tauchte unter, schluckte Wasser. Sie wusste nicht mehr, aus welcher Richtung die Wellen kamen, und wusste nicht mehr, in welche Richtung sie schwimmen musste. Alles um sie herum war grau und nass. Sie konnte kaum noch zwischen oben und unten unterscheiden. Ihr war so kalt, und sie war so müde! Arme und Beine wurden immer schwerer. Sie hatte keine Kraft mehr.

Sie schloss die Augen. Und plötzlich fühlte sie sich wieder leicht, fast schwerelos. Sie fühlte sich wie auf der Insel, fühlte nichts als Ruhe und Frieden. Himmlische Ruhe und himmlischen Frieden.

Eine barsche Stimme schreckte sie auf. Starke Arme griffen nach ihr. Sophie öffnete mühsam die Augen. Vor sich sah sie den Mann von der Insel, der mit aller Macht versuchte, sie ins Boot zu zerren. Beinahe wäre er dabei selbst über Bord gegangen, aber schließlich hatte er es geschafft. Er schüttelte sie, schüttelte das Wasser aus ihr heraus.

»Ich habe doch gewusst, dass Sie es nicht schaffen können!«, schrie er sie wütend an. Erschöpft lagen sie alle beide nebeneinander in den Sitzen. Nach ein paar Sekunden rappelte der Mann sich auf. Selbst triefend nass, kramte er für sie eine Wolldecke hervor, breitete sogar noch eine dieser goldschimmernden Notfalldecken aus der Erste-Hilfe-Kiste über Sophie und konzentrierte sich dann, das Boot durch diese widrigen Witterungsbedingungen auf Kurs zu bringen.

Sophie genoss, dass sie sich um nichts kümmern musste. Sie lag einfach da, schaukelte auf den Wellen wie ein Baby in der Wiege und begriff ganz langsam, dass sie nur mit knapper Not dem Tod entronnen war.

Ein paar Minuten später waren sie am sicheren Ufer. Mit steifen Gliedern erklommen sie die kleine Böschung, oberhalb der das Auto des Mannes stand.

»Ich bringe sie mit meinem Wagen nach Hause. »Sie müssen unbedingt ein heißes Bad nehmen und sich dann am besten mit der Wärmflasche ins Bett legen.«

»Aber mein Fahrrad steht hier noch irgendwo in der Nähe!«, protestierte Sophie.

»Darum können Sie sich später kümmern. Jetzt müssen Sie erst wieder richtig warm werden. Sie sind ja ganz blau gefroren.«

»Na, Sie sehen auch nicht besser aus. Ich glaube, wir könnten beide in einem Film mit den Schlümpfen die Hauptrollen spielen.« Sophie hatte ihren Humor wiedergefunden und sah mit Vergnügen, wie die Lippen des Mannes, seine blauen Lippen, sich zu einem Lächeln verzogen.

»Erst einmal gibt es aber einen Schnaps aus meiner Notfallbox!« Der Mann zauberte aus dem Handschuhfach einen Flachmann hervor, stöpselte ihn auf und reichte ihn Sophie. »Runter damit!«, befahl er.

»Aye, aye, Käpt'n!« Sophie versuchte, die Hacken zusammenzuschlagen, wäre aber dabei beinahe die Böschung hinuntergerutscht. Sie legte die Hand an die nicht vorhandene Mütze und nahm einen kräftigen Schluck. Sie spürte, wie die hochprozentige Flüssigkeit in ihrem Magen ankam und ihr gleich wärmer wurde. Anschließend schnappte sie nach Luft. Der Mann lachte laut auf. Dabei lief ihm das Wasser aus den Haaren.

»Ich könnte jetzt auch einen Klaren vertragen«, meinte er, aber erst liefere ich Sie in Ihrer Pension ab.«

Zwei Jahre später fuhren Sophie und Tom, der Mann von der Insel, wie Sophie ihn immer noch scherzhaft nannte, mit dem Motorboot zu ihrer Insel. Inzwischen wäre es für Tom ein Leichtes gewesen, die Strecke schwimmend zurückzulegen, aber dieses Mal wollte Sophie sich das nicht zumuten.

Auf der Insel angekommen, stellten sie übereinstimmend fest, dass dort sehr wohl Platz war für zwei, zumindest für zwei, die sich liebten, und dass im nächsten Jahr sicher auch Platz für drei sein würde.

Waldspaziergang

Stefanie Gregg

Der Wald war inzwischen schon sonnendurchflutet, aber die Luft noch kühl. Die Vögel begrüßten den neuen Tag mit freudigem Zwitschern.

Obwohl er meist vor ihr da war, stand Anne heute bereits drei Minuten am Waldrand, als er ankam. Mit einem Lächeln beobachtete sie seinen Gang. Auch wenn er zügig auf sie zulief, hatte er dieses lässige Schlendern in seinem Gang, das sie so mochte. Als er sie zur Begrüßung küsste, atmete sie den Ledergeruch seiner Motorradjacke ein. »Heute noch nicht rasiert?«, grinste sie, als sie sich an seinen Bartstoppeln rieb.

»Nein, war hektisch heute früh, und ich wollte nicht zu spät zu dir kommen.«

Es war eine der Bemerkungen, auf die meistens der andere nicht einging. Natürlich hätte man fragen können, was hektisch war. Und jeder von ihnen beantwortete auch die Fragen des anderen, aber meist hinterließ die Erzählung dann nur ein schales Gefühl. Lieber nicht fragen, ganz besonders nicht heute.

»Komm, Bella ist schon da vorne in den Wald abgebogen. Sie will endlich los.«

Anne nahm seine Hand, und ihre Finger verschlossen sich ineinander. Sie liebte dieses Gefühl des Einswerdens. Als ob sie nicht ohne einander leben könnten. In all der Zeit hatte es kaum eine Minute gegeben, die sie beieinander sein konnten, ohne sich zu berühren. Es ging einfach nicht. Wie zwei Magneten, die sich unweigerlich aufeinander zu bewegten, bis sie sich mit einem Klack zusammenschlossen. Und jedes Mal durchfuhr sie dann ein Stromstoß.

Sie wusste auch, dass sie kaum zehn Meter würde laufen können, bis er anhielt, sie an sich zog und küsste. Diesmal störte dabei der Pilzkorb, den sie auf dem Arm trug. Als er ihm in den Bauch stieß, zog sie ihn grinsend zurück.

»Komm, heute werden Pilze gesammelt. Wir müssen weiter. Ich hoffe, du hast auch genug Zeit?«

»Ja, eine Stunde. Okay?«

Sie nickte und führte ihn in den schmalen Waldweg, an dem sie gestern bereits nicht weit vom Pfad entfernt einige Steinpilze gesehen hatte. Bella half ihr dabei, Pilze zu finden. Manchmal hatte Anne den Eindruck, Bella sei mehr Trüffelschwein als Hund. Jedenfalls roch sie die Pilze offensichtlich und man musste nur ihrem Schnüffeln folgen, um zu den besten Stellen zu gelangen. Anne war eine erfahrene Pilzsammlerin, die schon in ihrer Kindheit mit der Großmutter Pilze gesammelt hatte. Es gab keinen heimischen Pilz, den sie nicht kannte und sicher von den giftigen unterscheiden konnte.

Sie standen vor der Stelle mit drei riesigen Steinpilzen und Jan nickte anerkennend. Er war kein Pilzkenner. Nicht einmal ein Pilzesser. So ein wundervolles Steinpilz-Gericht, einfach nur mit ein paar Gewürzen und Petersilie – schon bei dem Gedanken lief ihr das Wasser im Munde zusammen. Aber er würde höchstens einen kleinen Bissen davon nehmen – nicht nach seinem Geschmack. Er war eigentlich auch niemand, der im Wald spazieren ging. Auch das hatte er erst mit ihr zu schätzen gelernt. Aber gerade heute, als sich an diesem Herbsttag die Sonnenstrahlen ihren Weg durch die Zweige der Bäume suchten und bizarre Licht- und Schattenstreifen auf das Moos des Waldes warfen, konnte er gut verstehen, dass sie hier ihre Ruhe fand. Und mit dem großen Hund an ihrer Seite konnte sie auch durch die tiefsten Wälder ohne Angst alleine spazieren. In der Früh aber begleitete er sie nun seit über einem Jahr fast täglich und genoss diese Morgenspaziergänge ebenso wie sie.

Das Kontrastprogramm dazu waren dann ihre Motorradausflüge, die sie beide nicht weniger liebten. Dafür ließ Anne sogar ihre Bella zu Hause. Zum Glück hatten sie es nicht weit bis in die Berge, wo es wundervolle Bergstrecken gab, die, so fanden sie beide, eigentlich nur dazu gedacht waren, um sie mit einem Motorrad zu befahren. Anne liebte es, sich hinter ihm auf seine große Kawasaki zu schwingen und das Mitfahren zu genießen.

»In vier Wochen machen wir unsere große Tour! Zwei Wochen lang durch die Dolomiten. Nur die Kawasaki, du und ich!«, grinste er. Seit einem halben Jahr träumten sie von dieser Tour, hatten sich alle Unterkünfte bereits reserviert. Eine wundervolle Mischung aus kleinen Berghütten und luxuriösen Wellness-Hotels. Endlich einmal genug Zeit füreinander zu haben, ungestörte, lange Zeit. Darauf freuten sie sich beide.

»Da!«, Jan deutete begeistert auf einen Pilz, der unter einer Fichte stand, »jetzt habe ich aber auch mal einen großen Champignon entdeckt.« Er bückte sich, als Anne ihn sanft am Ellbogen zurückzog und ihn grinsend ansah.

»Nein, mein großer Pilzkenner. Besser nicht, das ist ein Knollenblätterpilz! Das wollen wir doch wirklich nicht!«

Er wich zurück.

»Sieht doch aber ganz genauso wie ein Champignon aus!«

»Schau doch, an der Knolle da unten ist das doch ganz einfach zu erkennen.«

Jan sah eigentlich gar nichts, aber er zuckte mit den Schultern und sie liefen weiter.

»Als die syrischen Flüchtlinge nach Deutschland kamen, gab es mehrere Vergiftungen mit Knollenblätterpilzen. Sogar einen Toten. Anscheinend wächst in Syrien ein essbarer Pilz, der genauso aussieht. Und die Flüchtlinge streiften durch die Wälder und sammelten Essbares. Aber das ist ein grausamer Tod. Das wünsche ich keinem!«

Anne schüttelte den Kopf.

»Meist versagt dann die Leber. Manchmal aber muss man sich nur fürchterlich erbrechen.«

Jan sagte nichts und sah zu, wie Anne ein paar Wildkräuter zum Würzen einsammelte und in den Korb legte.

Als der Korb fast voll war, sah Jan auf die Uhr: »In einer Viertelstunde muss ich los.«

Sie nickte.

»Küss mich!«

Das ließ er sich nicht zweimal sagen. Er zog sie an ihren Hüften zu sich. Langsam wanderten seine Hände ihren Rücken abwärts, während sein Mund sich auf ihren legte und sie küsste.

»Schluss jetzt. Sonst will ich mehr.«

Grinsend schob sie ihn mit ihren Händen an seiner Brust zurück.

»Bald, mein Liebling, bald haben wir mehr Zeit für uns.«

Ja, ein Wochenende Motorradfahren, das war herrlich. Trotzdem löste in Anne dieser Satz einen bitteren Geschmack auf der Zunge aus. Immer warten. Immer zurückstehen. Für die andere Frau. Marie. Seine Frau zu Hause. Die zarte Marie, die schwache Marie, die man nicht lange alleine lassen konnte. Die schöne Marie. Natürlich, Motorrad fuhr sie nicht, das hätte ihrer vom Asthma geschwächten Gesundheit nicht gutgetan.

»Magst du eine Runde Motorrad fahren?« Es war einer der ersten Sätze, den er zu ihr gesagt hatte, als er ihren Blick aufgefangen hatte, der mit diesem Blitzen in den Augen auf seiner Kawasaki lag. Vorher hatten sie sich kaum gekannt, bei einer Einladung zum Abendessen sich mal gegenübergesessen. Eine Runde Motorrad fahren, da war doch wirklich nichts dabei. Und sie hatte schon so lange auf keinem Motorrad mehr gesessen. Natürlich war Jan attraktiv gewesen, natürlich war er ihr von Anfang an auch sympathisch gewesen. Aber am Anfang stand da nur die Idee, mal wieder Motorrad zu fahren. Da war doch gar nichts dabei. Auch dass man während der Tour noch einen Kaffee miteinander trank. Gar nichts dabei. Bei der zweiten Tour hatte sie ein flüchtiges schlechtes Gewissen gehabt. Sie hatte doch das Bild der zarten Marie vor Augen. Auch wenn sie selbst nicht Motorrad fuhr, war es ihr gewiss nicht recht, wenn eine andere mit ihrem Jan fuhr.

Nach dem ersten Kuss hatte sie kein schlechtes Gewissen mehr gehabt. Da war ihr einfach alles egal gewesen. Sie war hineingeschlittert und dann verloren gewesen. Sie wollte ihn.

Was sie hasste, waren diese Heimlichkeiten. Und die Zeitnot, die mühsam abgerungenen Stunden, der Morgenspaziergang zwischen dem Frühstück bei Marie zu Hause und der Arbeit. Mal ein Wochenende. Marie konnte man nicht verlassen. Sie war alleine nicht überlebensfähig. Ein Feenwesen. Eine Kranke. Undenkbar, sie ihrem Schicksal zu überlassen. Das war ihnen beiden klar.

Auf dem Rückweg fanden sie noch ein paar Champignons. Anne hatte wirklich einen Blick dafür. Und Bella natürlich die richtige Nase.

Am Auto angekommen, übergab sie ihm den randvoll mit Pilzen und Wildkräutern gefüllten Korb. Sie öffnete ihre Autotür und legte einen Zweig darauf. »Das ist Rosmarin. Sag, den hat der Gemüsehändler dir dazu gegeben. Es wird herrlich schmecken!«

Sie gab ihm einen langen, heißen Kuss.

»Und Weißwein dazu.«

Er grinste. Vom Weißwein würde er mehr nehmen als von dem Pilzgericht. Aber Marie würde sich freuen.

Anne winkte ihm hinterher.

Kein Rosmarin, ein Eibenzweig war es, den sie ihm mitgegeben hatte.

Einen Knollenblätterpilz hätte man sofort im Mageninhalt nachgewiesen und sich dann gefragt, woher er stammte. Das Gift der Eibe waren Taxane, danach würde man bei einer Obduktion nicht suchen. Gestorben an ihrer schwächlichen Konstitution, da war Anne sich sicher. Schon nach dreißig Minuten würde es losgehen: Schwäche, Schwindel, Atemlähmung, Herzversagen. Schnell, bei einer Asthmakranken sehr schnell. Höchstwahrscheinlich in Bewusstlosigkeit. So schnell würde er gar keinen Notarzt rufen können. Vielleicht ruhte er sich stattdessen schon auf dem Sofa vom Wein aus.

Eine Zeit lang würden sie sich nicht sehen können. Dann eine Motorradtour in den Dolomiten – bei der sie sich treffen und für alle anderen ›kennenlernen‹ würden. Gegen die Liebe konnte man nichts tun, da war kein Kraut gewachsen. Oder eben doch, dachte sich Anne.

Bald, bald würde er genug Zeit für sie haben.

Stefanie Gregg

Geboren 1970, studierte Germanistik, Philosophie, Kunstgeschichte und Theaterwissenschaften. Sie promovierte über "Das Lachen". Nach freier journalistischer Arbeit und der Publikation mehrerer Fachbücher widmet sie sich heute, neben ihrer freien Lehrtätigkeit, nahezu ausschließlich der Belletristik. Sie schreibt Romane, Kriminalromane und Kurzgeschichten. Die Autorin wohnt mit ihrer Familie in der Nähe von München.

Ingeborg Struckmeyer

Sie ist ein Kind des Ruhrgebiets. Nach Abschluss ihres Studiums in Münster und Köln war sie als Diplom-Bibliothekarin tätig. Seit 2004 lebt sie in München. In den letzten Jahren erhielt sie mehrere Kurzgeschichten- und Kurzkrimipreise. Sie hat das Märchen 'Die gläserne Prinzessin' sowie drei Kurzkrimibände veröffentlicht: 'Tödliche Rache', 'Todesschreie' und 'Todesängste, alle im Geest Verlag. Gemeinsam mit Friedlind Lipsky schrieb sie unter dem Pseudonym Frida Mey die beiden schwarzhumorigen Kriminalromane 'Manchmal muss es eben Mord sein' und 'Radieschen von unten' (Aufbau Taschenbuch Verlag).

Inhalt

Dank an die LeserInnen

Liebe LeserInnen,

diese Geschichten sind hier zu Ende. Wir hoffen, es hat Ihnen gefallen und Sie sind ein paar Stunden in die Welt dieser Geschichten eingetaucht, haben geschmunzelt, gelacht, mitgefühlt und mitgelitten. Das freut uns. Wenn Sie weiterhin Bücher dieser Autorin, dieses Autors oder unseres Verlages lesen möchten, dann reden Sie über dieses Buch. Oder twittern Sie, schreiben Sie einen kurzen Blogbeitrag oder eine Leserbewertung in Ihrem bevorzugten E-Book- oder Online-Shop.

Mund-zu-Mund-Werbung ist für AutorInnen und Verlage wie Sauerstoff für jedes Lebewesen – sie ist lebenswichtig. Lesermeinungen sind Motivation und Ansporn, so dass Sie schon bald ein weiteres Buch Ihrer Lieblingsautorin oder Ihres Lieblingsautors lesen können.

Herzliche Grüße

Ihre
edition oberkassel